アフリカの爆弾

筒井康隆

目次

台所にいたスパイ 7
脱　出 35
露出症文明 61
メンズ・マガジン一九七七 78
月へ飛ぶ思い 99
活性アポロイド 111
東京諜報地図 124
ヒストレスヴィラからの脱出 151
環状線 191
窓の外の戦争 198

寒い星から帰ってこないスパイ　209
アフリカの爆弾　227
解説　平岡正明　274

台所にいたスパイ

「昌宏の眼つきが、近ごろ陰険になってきたな」

今年七十歳になる父が、おれにそういった。「人をうかがうような眼つきだ。あれはいかん。態度もこそこそしている」うなずいた。「陰険になってきた」

「そうですかね」おれは苦笑した。

そんなことをいう父自身の眼つきだって、相当陰険である。おれもそうだろうし、女房だってそうだ。「親たちに似たんでしょうな」

「ふん」父は肩をゆすった。「家系だといいたいのか」

「近ごろの子供は、みんなああですよ」

「どうしてかな」父は歯のない口をぽかんとあけて、とぼけた。

わかってるくせに――そう思いながら、おれは答えた。「しりません。しかし、みんなああです。子供だけじゃありません。大人もそうです」おれはうなずき返した。「みんな、ああです」

「甚介さんはいるかね」裏庭へまわって縁側から、隣の爺《じい》さんがやってきた。

この爺さんは父より三つ歳上で、父とは十数年前からの碁友達である。眼が鋭い。

「ひと勝負やらんかね」

「おとといは、わしが負けたな」と、父がいった。意味ありげな口調だった。

「ああ、あんたが負けた。わしが勝ったよ。どうだね。やるかね」

「今日はわしが勝つぞ」

「負けないよ」

老人たちは縁側で碁をうちはじめた。

おれは書斎に戻り、すでに締切りを四日も過ぎている原稿の続きにとりかかった。

五、六行書いてから、机の上のトランジスタ・ラジオのスイッチを入れた。

碁石の音に混って、老人たちの会話が小さく流れて出てきた。

「近ごろ昌宏の眼つきが陰険になって来おってのう」と、父が喋《しゃべ》っていた。

「わしの孫もそうじゃよ」

「人をうかがうような眼つきじゃ。態度もこそこそしとる」

「あんたのところもか。わしの孫もそうじゃ」

このラジオは、ダイヤルをＦＭの90ＭＣにあわせると、盗聴用マイクの受信装置になるのだ。マイクの方は碁盤の裏に嵌《は》めこんである。もっと精巧な盗聴機を買いたいのだが金がない。パリでは、数百メートルはなれた位置で、電話機から出る声をキャッチできる盗聴機を市販している。しかも厚さ三〇センチの壁で囲まれた部屋の中の話し声も聞けるというからすばらしい。また、腕時計のように手首に巻きつけることのできる切手大の送受信機も二十六万円で売っている。しかしおれがいちばん欲しいのは、ブリーフ・ケースにもおさまるという五十三万円のテープレコーダーだ。だが、今のおれの原稿料ではとても買えそうにない。最近日本でも、なかば公然と盗聴機が密売されているが、すべて玩具《おもちゃ》に等しい代物だ。

「今度きた幼稚園の先生は」と、隣の爺さんがいった。「子供に評判がいいな」

「うむ。昌宏も褒めとった。わしは昨日行って覗《のぞ》いてきたが、なかなかの美人じゃぞ。惜しむらくは美人すぎる」

「うん。惜しむらくは子供に評判がよすぎるな」

「幼稚園の先生という役柄ではなかったな」

「そうじゃ。役不足じゃな」ぱちり、と碁石の音。「役不足じゃ」

爺さん連中もあの女を見張っていたらしい。おれはにやりとしてうなずいた。たしかにその通り。あんなに美人では幼稚園の先生らしくない。あきらかにミス・キャストである。

「この碁盤は最近、おかしな音がするな」と、隣の爺さんがいった。

「うん。三か月ほど前から音が変ったようじゃ」

勘の鋭い爺さんたちだ。おれは一瞬ひや汗をかいた。異常は感じとったらしい。それから碁盤を裏がえして見ようとまではしなかったが、それからは碁石の音だけしかしなくなった。

警戒させてしまったな――おれはあきらめてラジオのスイッチを切った。

「パパ」

背後で昌宏の声がした。おれはもうすこしで悲鳴をあげるところだった。

「な、何だなんだ。こっそり部屋の中に入ってきて」おれは昌宏を叱りつけた。「書斎へ入る時は、ノックをしなさい」

盗聴してるところを見られたかな――そう思って昌宏の様子を観察した。

昌宏はあいかわらず眼を伏せたままで、おれに訊《たず》ねた。「パパ、こんどはいつ出版社へ行くの」

「この原稿が出来次第持っていく。それがどうした」

「その原稿、いつできるの」

「あと二、三枚だ」

「じゃあ、出版社へは今日行くんだね」

「そうだ。それがどうかしたか」

「ううん。何でもないの」

昌宏はおれの顔から眼をそむけたままで、書斎を出ていった。

おれはすぐにラジオのスイッチを入れ、ダイヤルをFMの40MCにあわせた。40MCは台所の流し台に取りつけた盗聴用マイクに入る物音を受信できるのだ。

「どうだったの」と、女房の声が聞こえてきた。

「パパは今日、出版社へ行くらしいよ。原稿はあと二、三枚だって」

「そう。どうもありがと」

女房が昌宏に、おれの予定を探らせたのだ。あっちは子供を味方に引き入れてしまった。これはちと厄介なことになったぞ——と、おれは思った。家の中は四面楚歌《しめんそか》だ。

「昌宏。そのコーヒー、噴きこぼれないように見てて頂戴《ちょうだい》。ママちょっと、外で電話してくるから」女房がそういった。

これはあやしいぞ——おれは首を傾げた。電話ならこの書斎の、おれの机の上にあるのだ。きっと、おれに聞かれては困る電話をするに違いない。きっとそうだ。そうにきまっている。

「でもママ。電話ならパパの机の上にあるじゃないの」昌宏がおれの気持を代弁するかのように、女房にそういった。どうやら、必ずしも女房の手先になり下ったわけでもなさそうだ。おれは聞き耳を立てた。

「パパのお仕事のお邪魔したくないのよ。だから」と女房はいって、勝手口から出て行った。

ふん、そんな殊勝な女か——と、おれは鼻で笑った。何がお仕事のお邪魔だ。いつもおれが仕事している傍で電話して、けたたましく笑ったり叫んだり、遠吠《とおぼ》えしたりする癖に。

しばらくして原稿を書きあげ、コーヒーが飲みたくなって、おれは台所へいった。ガスコンロの火はとめてあり、昌宏はいなかった。女房がどこへ電話するのか、さぐりに行ったに違いない。

コーヒーをいれていると、勝手口の戸をあけて、安さんという酒屋の若い衆が入ってきた。

「毎度。コーラを持ってきました」

「ご苦労さん。そこへ置いてくれ。その空瓶は持って帰ってくれ」

「はい。これ、ブルーチップ・スタンプです」

「ありがとう。ところで、何か変った情報はないか」

「あんたと情報の交換をしようとしても、なかなか連絡がとれなくてね。いつ来ても奥さんが出てくるもんだから」

「それは済まなかったな」

安さんは振り返って勝手口から首を外へつき出し、左右をきょろきょろ見まわしてから向きなおり、少し声を落としていった。「ピアノの調律師のことです」

「ピアノの調律師が、どうかしたのかい」

「いつもあんたの留守にやってきて、奥さんとふたりきり応接間に閉じこもって、何かこそこそやってますぜ」

「本当か」おれは背筋をのばした。「それは本当か」

「本当です」

ピアノの調律師だという若い男には、おれも一度会ったことがあるが、色が白くて骨ばった細い身体つきをしているくせに、眼だけは大きくてぎらぎら光っている。最初から気に喰《く》わない奴だと思っていた。

「何を喋っていた」

「ピアノの調律をしながら話しあっているので、盗聴機が役にたたないんです」彼はシャープ・ペンシルを耳の穴に突っこんで、そういった。「おれの盗聴機は安ものでね」

「月にどの位やってくる」

「月に二、三度です」

そんなに何度もピアノを調律する必要はないわけだから、あきらかにあやしい。

「気をつけた方がいいですよ」

「ありがとう。気をつける」

そこへ女房が戻ってきた。おれが出かけるというので、さっそくピアノの調律師に電話して、来るようにいったのだ。きっとそうだ。そうにちがいない。

安さんは、そそくさと帰って行った。

「出かけるから、服を出してくれ」と、おれは女房にいった。

「何時ごろお帰りになるの」

「そうだな。今日は遅くなる。編集長と飲みに行く」

服を着換え、おれは家を出た。

向かいの家の主婦と、米屋の婆さんが、道ばたで立ち話をしていた。おれを見ると互いに指さきで突っつきあい、うなずきあった。

大通りへ出る曲りかどで、二軒右隣の女子高校生にぶつかりそうになった。彼女はさっと顔色を変えて、金魚の尾のようにスカートの裾《すそ》をはためかせ、ひらりとおれから体をかわした。まるで、おれに触れただけで処女を失うかのようなあわてふためきかただ。

車道ぎわに立ち、空いたタクシーがやってくるのを待っていると、例の美人の幼稚園の先生がやってきておれに目礼し、通り過ぎて行こうとした。

「涼しくなってきましたね」と、おれは彼女の背中に声をかけた。

彼女は立ち止って振り返り、小首をかしげてにっこり笑った。「秋になったからですわ」

ブルー・ブラックのブラウスがよく似合っていて、それが彼女の色の白さを引き立たせていた。並木の枯葉が風でどうのこうのと、おれたちはさらに、あたりまえのことを歯の浮くようなそらぞらしいせりふで喋り立てながら、どちらからともなく近づきあった。

おれは十人並み以上の美男子だから、女性には警戒される。しかも相手が美人だと浮きうきして、つい余計なことを言ってしまうから尚《なお》さら警戒されるのだ。

「あなたのような美人は、幼稚園の先生には不向きですね」と、おれはいった。「あきらかにミス・キャストだな。これはぼくだけの意見じゃないです」

彼女はさっと頬をこわばらせたが、どこで訓練を受けてきたのか、すぐに微笑を浮かべて反撃してきた。「あら。わたしのことなど、どうだっていいじゃありませんか。それより、奥さんのことをもっと心配なさったらいかがです」

「家内のことって」おれは首を傾げた。「わたしの家内が、どうかしましたか」

「ああら。町内の方は皆さんご存じなのに。知らぬは亭主ばかりなりって、本当ね」

「ひょっとすると」と、おれは笑っていった。「それはピアノの調律師のことじゃありませんか」

「なんだ。やっぱりご存じじゃありませんの」

「まあね」

「じゃあ、何とかなさったらどうですの。昌宏くんまで感づいてるんですのよ」

「昌宏ですか。あれはまだ子供です」

「子供だからこそ、そういうことには敏感なんですわ」

「昌宏があなたに、何かいったのですか」

「パパの留守中にあのおじさんがくると、ママがおもてで遊んできなさいっていうんですって。そしておじさんとママは、応接室に入って中から鍵《かぎ》をかけてしまうんですって」

「なるほど」おれはうなずいた。「ぼくはコキュというわけだ」

「そういうわけですわね」

おれは、またうなずいた。「ぼくはコキュだ」

「楽しんでらっしゃるみたいね」

「ところでそのコキュと、いちどデイトしませんか」

彼女は腕時計を見た。「あら。これからですの」

そう訊ね返されて、おれはちょっと困った。今日は用を済ませて早く家に帰り、女房とピアノの調律師の会話を盗聴しなければならないのだ。おれはできるだけ残念そうに、かぶりを振って見せた。「いやあ。今日は駄目なんだなあ」

「ちょうどよかったわ。わたしも駄目なの」

「どちらへお出かけですか」

「丸の内まで」

「じゃあ、お送りしましょう」おれは、やってきた空《から》のタクシーに手をあげた。

彼女をさきに乗せ、あとから乗り込もうとして、ふと誰かの視線を背に感じた。振り返ると、大通りに面した電気屋の二階に間借りしているオールド・ミスが、ガラス窓の隙間からおれたちの方をじっと監視していた。おれがわざとオーバーにウィンクしてやると、怒ってぴしゃりと窓を閉めてしまった。

タクシーが走り出し、おれは彼女に訊ねた。「昌宏は、何でもあなたに話すんですか」

「そんなこと、ありませんわ」

「最近昌宏の眼は、だんだん陰険になってきたようです」

「まあ。そうでしょうか」彼女は警戒して、身を固くした。

「そうです。だってこれも、ぼくひとりの意見じゃないのですから」

彼女の顔は蒼《あお》ざめた。そして黙ってしまった。それからもう、何を訊ねても彼女は無言だった。

「ここでおろしてください」車が馬場《ばば》先門《さきもん》までくると、彼女はそういって車をおりた。

彼女をおろした車は、また走り出した。

一〇〇メートルほど和田《わだ》倉門《くらもん》の方へ走ったところで、おれは運転手にいった。「ここでおりる」

運転手はおれから金を受けとりながら、じろりとこちらを見ていった。「深追いは、しない方がいいぜ」

この運転手も、おれと同じKGB（ソ連国家保安委員会・政治警察）日本支部の一員——つまりスリーパーらしい。お互いに味方は勘でわかるのだ。

「ああ。気をつけるよ」おれはそう答えて車をおり、彼女を尾行した。

馬場先門から都庁の方へ約三〇メートルほど歩いた彼女は、そこで右に折れ、次の辻《つじ》を左に折れ、おれの予想どおり、次の四つ辻の角にある新和ビルに入っていった。いうまでもなくこのビルには、内閣諜報《ちょうほう》室の下請けをやっている世界情報調査会がある。

「やっぱり、そうだったか」おれはすぐタクシーを拾い、神田《かんだ》にある潮来社に向かった。あの幼稚園が内閣諜報室の末端の機関だとすると、すでに昌宏も組織の一員にされてしまっている可能性がある。息子にまで監視されてはたまらない。何とかしなければと思った。

潮来社では会議室で編集長と話しあった。

おれの原稿をぱらぱらと流し読みした編集長は、じろりと上眼づかいにこちらを見ていった。

「あいかわらず小説の方は、どうにもならないへたくそだ。しろうとはだしの腕前だ。何が書いてあるのかぜんぜんわからない。天才と紙一重だ」

天才と紙一重ということは、もちろんキチガイということである。

彼は嘆息した。「まあいい。何か報告はあるか」

「息子の通っている幼稚園の先生が、内閣諜報室のスパイでした」おれは身をのり出してそういった。「息子も組織に入れられてしまった様子です」

編集長は哀れむような眼でおれを見てうなずいた。「なるほど」

「私は家の中で孤立してしまいました。四面楚歌です」

「君のところはたしか、お父さんがＭＩ６（英国軍事情報第6部）の部員だったな」

「そうです。腕ききです。戦時中は中野学校の教官をしていました。陸軍中佐です。連絡員は昔の部下の、今は碁友達の隣の家の爺さんです」

「君の町内は、今、一触即発の危険な状態だ」と、編集長はいった。「こちらも、そうなった時の準備はしているがね。何か起ったら、君はすぐにおれのところへ連絡するんだ。いいな」

「わかりました」

「ところで、奥さんがどういう方法でCＩＡ（米国中央情報局）日本支部と連絡をとっているか、わかったかね」

「だいたい、わかりかけてきました。月に二、三度家に来るピアノの調律師が、連絡員らしいのです」

「その男、今度はいつ来るんだね」

「今日です。もう家に来ている頃です」

編集長は声を高くして怒鳴った。「じゃあ君は、何を愚図ぐずしているんだ。早く家へ帰って、どんな話をしているか盗聴しなければ駄目じゃないか」

おれはとびあがった。「そのつもりでした」

「すぐ帰れ。今帰れ」

「はい」

おれは編集長に頼もうと思っていた原稿料の前払いのことも忘れ、あわてふためいて潮来社をとび出し、空のタクシーを見つけてとび乗った。「青山《あおやま》だ。いそいでくれ」

二十分ののち、おれは青山通りでタクシーをおり、町かどを折れて家への道路へ入った。

編集長のいった通り、町の中は嵐の前の静けさといった雰囲気に包まれていた。しんとしていて、通りには誰もいない。

右手の薬局から、幼い子供がよちよちと道路へ出てきた。あとからすぐに母親がとび出してきて、蒼い顔で子供を抱きあげ、薬局へ駆け戻った。

彼方《かなた》から自転車でやってきた、うどん屋の若い出前持ちが、おれを見てぎょっとした顔つきになり、あわてて左右を見まわした。どこにも逃げ場がないと悟ったらしく、彼は道のまん中へ自転車を横倒しにし、マンホールの鉄蓋《ぶた》をあけてその中へとびこみ、もと通り中から蓋をしめてしまった。道路には割れた鉢と汁が散乱し、うどんの匂いがあたりに立ちこめた。何をあわてているのか、さっぱりわからない。

家へ戻ってくると、昌宏と父の姿が見えなかった。応接室からはピアノを調律する音が、かすかに聞こえてくる。

「しめた。まだいるな」

おれは書斎に入った。応接室のソファの中に隠してあるマイクから、女房と調律師の会話が盗聴できる。しかし、あのトランジスタ・ラジオは、おれの机の上にはなかった。

「受信装置がない」

おれはびっくりして、書斎中をくまなく捜した。だが、トランジスタ・ラジオはどこにもなかった。

縁側に出ると、碁盤が置いてあったので、裏へ手をつっこんでみた。仕込んであった筈《はず》のマイクがなくなっていた。

念の為に台所へ行って流し台の裏を見ると、やはりここのマイクもなくなっていた。

犯人は父か。昌宏か。いや、ひょっとすると女房かもしれない——おれは考えこんだ。

この分では応接室のマイクも盗まれてしまっているに違いない。しかし女房と調律師の会話だけは、ぜひ盗み聞きしなければならないのだ。おれは意を決して茶の間の押し入れに入り、隅の天井板を一枚めくって天井裏に這《は》いこんだ。

応接室の方へ梁《はり》伝いにごそごそ這っていくと、すでに先客がふたりいた。父と昌宏だ。おれが万年筆型の懐中電灯で、ふり向いたふたりの顔を照らし出してやると、彼らは同じようにばつの悪そうな薄笑いをして見せた。父は唇に人差し指を押しあてて、眼くばせした。

とりあえず、ふたりを無視することにして、おれは応接室の会話に聞き耳を立てた。

「主人が出入りしている出版社のうち、潮来社というのがKGBの日本支部東京《とうきょう》第二区域の連絡場所よ」と、女房が喋っていた。「部長はそこの編集長」

「ではすでに、幼稚園が内閣諜報室の組織に入っていることを、奴らに知られたと見ていいわけですね」

「そう思っといた方が安全のようね」

「わかりました。これは非常事態です。すぐこちらも行動に移らなければなりません」

調律師がやたらに興奮して息をはずませ、でたらめにピアノをがんがん叩《たた》きながらそういった。「奴らがどう出るか予測はできませんが、しかしもちろんある程度の予測はできます。つまり奴らの立てている予測をです。その予測により、こちらも予測を立てて」完全にのぼせあがっていた。

「とにかくあなた、早く支部の方へ連絡してくださいな」女房の方が落ちついていた。

「すぐします」

「わたしは隣の奥さんに連絡してくるわ」

ふたりは応接室を出ていった。

天井裏のおれたち親子三人は、ぞろぞろと押し入れの中から茶の間へ出た。

「浮気でなくて、よかったな」父が例のとぼけた顔つきで、しらじらしくもおれにそう言った。

おれはじろりと父を睨《にら》みつけた。「浮気より悪い」

「ふん」父は鼻を鳴らし、縁側へ出て行った。

昌宏を問いつめようとして振り向くと、彼もいち早く姿をくらましていた。

歩きまわったために汗をかき、おれの肌着は湿っていた。その上天井裏の煤《すす》で顔がまっ黒だ。

裸になり、風呂場《ふろば》へ入った。

おれは昼間、水風呂へ入るのが好きである。だからおれの家の風呂桶《おけ》には、水が常に張られている。

風呂桶の蓋をとり、水に足を入れようとした。その途端、水の底に何か動くものを見つけ、おれはあわててとび退いた。

近よって恐るおそるのぞきこむと、おぞましい姿かたちの猛魚が六匹、牙《きば》をむき出して水面の彼方からおれの方を見あげていた。

「ピラニヤだ」

おれはあわてて風呂の蓋をしめ、ふるえながら風呂場を出た。もう少しで片足を喰いちぎられるところだったのである。ざんぶとばかりにとび込んだりしていようものなら、今ごろは骸骨《がいこつ》だ。

いったい誰の仕わざだ——おれはすっ裸のまま書斎に入り、机に向かって考えこんだ。こうなってくると、もう誰も信用できない。家族愛という演技だけで進行する世界は、すでに崩壊していた。あとに残るのは被害妄想と疑心暗鬼と敵意だけだ。家族はすべて敵と思わなければならない。そうだ。スパイには恋や肉親への愛情は禁物だ。テレビや映画のスパイは恋のために必ず命を落としているではないか。

あたりが暗くなってくるまで考え続け、寒くなってきたので服を着た。

腹が減ったので台所へ行くと、冷蔵庫の中に果物を盛りあわせた皿があった。手を出しかけ、毒にちがいないと思ってあわてて手をひっこめた。

みかんの缶詰をあけて食べ、ふたたび書斎に戻った。テレビを見ようとしてスイッチに手をのばしたが、爆弾がしかけてあるかもしれないと思って、また手をひっこめた。電灯の紐《ひも》を引っぱり、引っぱってしまってから一瞬ひやりとしたが、これは何ごともなく、電球は無事に点《つ》いた。

何もすることがないので原稿を書こうと思った。原稿用紙を出そうとして机の抽出《ひきだ》しをあけると、中から勢いよくガスが噴き出した。黄色い有毒ガスである。さいわい顔にかからなかったからよかったものの、まともに浴びて吸いこんでいたら、ぶっ倒れて死んでいたところだ。抽出しの中にガス・ボンベが仕込んであったのである。

すぐに窓をあけ放して、部屋の空気を入れ換えた。

机の前にすわり、インク瓶の蓋をあけようとした。インクの中に小さな電池とコイルが浸《つか》っているのをちらと見るなり、おれは瓶をひっつかんで窓の外に投げた。インク瓶は裏庭の木の根もとで爆発した。

立ちあがり、窓ぎわに寄って庭を見おろすと、松の木の幹が半分がた削られたようになって吹きとばされ、その断面は黒く焦げてささくれ立っていた。

窓が開いていたからよかったのである。もし密室の中で爆発していたら、おれの身体は半分がた吹きとばされ、むき出しの内臓がささくれ立っていたに違いない。

茫然《ぼうぜん》として爆発の跡を眺めていると、今度は柱時計が七時を打ち終るなり爆発した。時計に時限爆弾が仕掛けられていたのだ。窓ガラスが全部割れ、机が吹きとばされ、廊下までとんで行って裏返った。

おれは窓ぎわにぶっ倒れたが、さいわい、怪我はなかった。窓ぎわにいたからよかったのである。机に向かったままだったら、頭がとんでいた筈だ。

　壁が落ち、電球は割れ、原稿用紙が散乱し、机の上にあった灰皿は天井板にめりこんでいた。

　それからはもう、何もしないことに決め、散らかった書斎のまん中に膝《ひざ》を抱いてうずくまり、薄暗がりの中でおれはじっとしていた。

　夜が更けてきたが、女房はあの調律師と出かけたまま、まだ帰ってこない。父も昌宏もどこかへ行ったらしく、家の中はしんとしている。家の中だけではなく、町中がひっそりと静まり返っていた。

　いつもなら家族四人が明るい茶の間で食卓を囲み、コーヒーを飲みながらテレビの『スパイもの』に夢中になっている時間である。そう思うと無性に腹が減ってきた。

　おれはとてつもなく淋《さび》しくなり、泣きたくなった。スパイは孤独だ。孤独でみじめだ――そう思った。だが、おれはそれに耐えなければならないのである。いやらしい、見えすいた家族愛ごっこに比べれば、この方がずっとましだし、この方がはるかにまともじゃないか――そう思い、自分を元気づけようとした。だがもちろん、うまくいかなかった。

　そのうちに、家の外が騒がしくなりはじめた。叫ぶ声や、大通りの方へ走っていく足音が、次第に高くなった。どこかで半鐘が鳴っている。火事らしい。おれは立ちあがり、玄関から外へ出ようとした。

その時、右手の米屋の方角で、ぽんぽん拳銃《けんじゅう》をぶっぱなす音が響きはじめた。大通りの方では機関銃の断続音や、手榴弾《しゅりゅうだん》の爆発音が轟《とどろ》き出した。

外へ出ようか出まいかと考えて、玄関さきで立ちすくんでいると、肩からだらだらと血を流してシャツの右半身をまっ赤に染めた酒屋の安さんが駆けこんできて叫んだ。

「大変だ。幼稚園が焼きうちされた」

おれは彼を抱きとめて叫んだ。「誰の仕わざだ」

「MI6だ。あんたのところの爺さんたちの仕わざだ。ところが町内の奴らはみんな、おれたちKGBのやったことだと思っている。MI6の奴らが、そういうデマをとばしやがったんだ」

安さんの肩は、銃弾で貫通されていた。彼は痛みに耐えかねてわあわあ泣きながらわめき続けた。「奴ら、もうすぐここへやってくるぞ。この町内でKGBといえば、おれとあんただけなんだ。早く逃げよう」

「よし」おれは安さんの左肩を抱いて、裏庭から木戸を通り、路地へ駆け出た。

「おれはもう何度も、命を失いかけたぞ」走りながら、おれはそういった。

「おれだって、そうだ」安さんも叫び返した。「さっきはおれの部屋の鳩時計が、ぽっぽっぽ鳩ぽっぽといいながら部屋のまん中へ手榴弾をはじき出した。あれは隣の散髪屋の親爺《おやじ》の仕わざだ。あわてて外へとんで出たら、パルム美容室の女美容師の奴らが窓からおれを狙い撃ちにしやがった。あいつらもＣＩＡだ」

「こっちの武器はどこだ」と、おれは訊ねた。

支部からこの町内へ支給された武器は、ぜんぶ安さんが保管しているのである。

「店の裏のからっぽの酒樽《さかだる》の中に、トムソン機銃が二挺《ちょう》かくしてある。あれを持って逃げよう」

「よし」

おれたちは路地から通りへ出て、町内会の掲示板のうしろに身をひそめ、あたりの様子をうかがった。幼稚園の方角からは火の手があがり、パチンコ屋のレコードにあわせて、火の粉が夜空を舞い踊っている。みんな火事場へ駆けつけたらしく、あたりに人の姿は見えない。どこかから、めざしを焼く匂いがしてきた。

「今だ」

おれと安さんは掲示板のうしろからぱっととび出し、通りを横ぎって酒屋の横の路地に駆けこんだ。幅三メートルほどの、せまい路地だ。路地の奥は行きどまりになっていて、酒樽が積みあげてある。おれは安さんの指示に従って、いちばん下の酒樽からトムソン機銃二挺をひっぱり出した。

「たしかにあいつら、この路地に入ったよ」通りの方で、米屋の婆さんの声がした。

「あたしゃ、見たんだからね」

「しまった」

おれと安さんは舌打ちをして顔を見あわせ、あわてて酒樽のうしろに身を隠した。袋小路だから、裏へ逃げることはできない。うしろはコンクリート・ブロックの塀なのだ。

「入っていきましょう。男がたったふたりよ。わたしたちだけで片づくわ」

おれは自分の耳を疑った。女房の声だった。亭主を殺すつもりらしい。

「出てらっしゃい。あなた」女房が通りから、おれたちに叫んだ。「そこにいることは、わかっているわ。抵抗しても無駄よ」

「しかたがない。ここで戦おう」おれは安さんにそう耳打ちして、酒樽の上にトムソン機銃を据えた。

早くしないと女たちが路地へ攻めこんでくる。だが、あわてているのと恐怖のために、手が顫《ふる》えて弾がなかなか装塡《そうてん》できない。安さんもおれの隣に酒樽を置いて機銃をセットし、銃口を路地の入口に向けた。

「どうして、こんなことになったのかな」安さんは泣きながらそういった。「ここまでやるのは、行き過ぎじゃないだろうかね。一億総スパイだなんてマスコミが騒いでいた一年ほど前までは、みんな冗談半分だった筈だぜ」

「冗談半分のつもりでいると、殺されちまうぞ」と、おれは安さんにいった。「スパイにあらざれば人にあらずという風潮ができて以来、スパイ同士の撃ちあいでは必ず本気の奴が勝つのだ。スパイごっこのつもりでいた人間は、みんな殺されている。それは知っている筈だぞ」

「それは知っているが」安さんはゆっくりかぶりを振った。「こんなことをするのは、いったい何のためだね」

「平和のためだ」と、おれは答えた。「今は平和だ。泰平の世の中だ。その平和ムードが人間に刺戟《しげき》を求めさせた。人間は平和を好かないからな。そこでスパイ・ブームが登場した。全世界の人間がスパイになった。平和はスパイがいる限り維持されるわけだ。こういうことをやっている限り、世界戦争は起らない。平和の使徒スパイ万歳」

　ばきーん。

　銃声が路地いっぱいに響き、銃弾がおれの頬をかすめた。

　米屋の婆さんと女房が路地へとびこみ、こちらへ駆けてきた。婆さんが、くさり鎌をふりまわしながらおれたちに迫ってきた。おれは機銃の引き金をひいた。ひき続けた。命中した。

　米屋の婆さんは分銅のついたくさりを自分の首に巻きつけ、猩々緋《しょうじょうひ》の蹴出《けだ》しをぱっと花が咲いたように路地裏いっぱいに拡げてぶっ倒れた。

　そのうしろから、婦人用コルトを撃ち続けながら、眼を吊《つ》りあげて走ってきた女房も、おれの撃った銃弾でたちまち穴だらけになり、きりきり舞いをして左横の壁に身体を叩きつけ、棒のように路上に倒れた。

　撃つのをやめると、夜の静けさがふたたび戻ってきて、おれたちを包んだ。

「女房を殺しちまった」

おれは自分の兇悪《きょうあく》な行為に驚きあきれ、茫然として路上の死体を眺めた。

「今だから言うけど」安さんがおれの耳もとに口をよせ、慰めるようにささやいた。「あれはもともと、あんたの奥さんじゃなかったんだよ」

「何だと」

「あんたの本当の奥さんは、中共のスパイだった。ところが四か月前にＣＩＡの奴に消されて、今は東京湾の底、セメントに塗り込められて沈んでいる」

おれは息をのんだ。「じゃあ、あの女は」

「あの女はＣＩＡから派遣された替え玉だ。整形手術をして、あんたの奥さんとして必要な、あらゆるデータをあたえられていたために、今まであんたにも見破られなかったんだ」

「なぜそれを、もっと早く教えてくれなかった」

「あんたの態度に影響して、敵にあやしまれるといけないからね。この町内には、他にも替え玉はいっぱいいるらしいよ」

おれはぞっとした。この安さんだって替え玉かもしれない——まったく、こうなってくると頼りになるのは自分だけだ。

すぐ右横には、この路地に面した、酒屋の奥の間のガラス窓があった。ここから狙い撃ちされては厄介だなと、ふと思った途端、窓の向こうで物音がした。

「気をつけろ。その部屋に誰かいるよ」と、安さんがいった。

「わかっている」おれは腕時計をはずし、その竜頭を引っこ抜いた。

この時計は小型手榴弾になっていて、竜頭が信管だ。引っこ抜いてからきっかり十三かぞえ、酒樽のうしろから身をのり出し、窓ガラスを叩き割って部屋に投げこんだ。

時計が部屋の中で爆発し、ガラス窓が吹っとんだ。窓からライフルをかかえた酒屋の親爺が、血まみれの上半身をのり出してきて、やられたと呻《うめ》きながら路地へころげ落ちた。片足がなくなり、腹に一升瓶がめり込んでいた。

路地の入口にざわめきが起った。

「よし。いちどに攻めこもう」父の声だった。「敵は機銃を持っている。人海戦術でなだれ込みをやる以外に、方法はない」

おれと安さんは機銃を構え、引き金に手をかけ、路地の入口に眼をこらした。けものの咆哮《ほうこう》のような喊声《かんせい》があがった。

町内の連中が、一挙に路地へ攻めこんできた。隣の爺さんが、大型の軍用拳銃を撃ちまくりながら、先頭を走ってきた。その横をうどん屋の出前持ちと、電気屋の二階のオールド・ミスが、やはり拳銃を撃ち続けながらやってくる。そのうしろには寿司屋の若い衆が四、五人続いていた。おれと安さんは機銃の引き金をひき続けた。轟音《ごうおん》が鼓膜をつんざき、空の薬莢《やっきょう》があたりにとび散った。彼らは、ばたばたと倒れた。隣の爺さんは額のまん中に穴をあけたまま惰性で走り続け、おれの横を駆け抜けてうしろのコンクリート・ブロック塀にへばりつき、その恰好《かっこう》で立ったまま死んだ。

いくら撃《う》ちまくり、射ち殺しても、敵勢は次つぎとあらわれた。寿司屋の連中のあとからやってきた連中の中には、二軒右隣の女子高校生と、子供を背負った薬局の主婦の姿もあった。おれたちは絶え間なく、銃口を左右に振り向けながら撃ち続け、彼らを撃ち殺した。血潮が両側の壁にとび散り、一面赤黒くなった。だが、あとからあとから彼らは路地へなだれこんできた。

パルム美容室の女美容師たちが、まっ赤な口をあけ、黄色い喊声をあげながら攻め込んできた。彼女たちを倒すと、そのうしろからはモーゼルを抱えた散髪屋の親爺と、エプロン姿の向かいの主婦と、小中学生の大群が死体の山を乗り越えてやってきた。ぜんぶ撃ち倒した。彼らが死ぬとその次はリボルバーを持ったピアノの調律師と、郵便局の連中だった。調律師はおれのすぐ鼻さきまでやってきた。おれの機銃弾で胸を半分がた吹きとばされた彼は、おれの傍の腐った野菜類を捨ててあるポリバケツの中へ頭を突っこんで息絶えた。幼稚園の先生と昌宏が、怒りの形相もすさまじく突っこんできた。おれは先生の美しい顔を銃弾で吹きとばした。昌宏は安さんの機銃で腹を射抜かれ、二メートルばかり宙に跳ねあがり、おれの眼の前へどさっと落ちて、ひくひくと手足を痙攣《けいれん》させてから死んだ。最後に数人の警官がやってきた。ライフルを持った父も駆け出てきた。おれは引き金をひき続けた。思考が麻痺《まひ》していた。自分が何をしているのか、よくわからなかった。警官をぜんぶ殺した。父も死んだ。もう誰も路地へは入ってこなかった。それでもまだ引き金をひき続けた。銃弾がなくなっても、まだ指は引き金から離れなかった。

ふたたび静寂があたりに満ちた。今度は真の静寂だった。

安さんは引き金をひき絞ったままの恰好で死んでいた。眼を見ひらき、路地の入口を睨みつけていた。

おれはのろのろと立ちあがり、死体の山を乗り越えた。ズボンが腰まで血に染まった。通りへ出て、雑貨屋の前の公衆電話から、編集長の自宅へ電話した。「わたしです。とうとう町内の人間をぜんぶ殺しました」

「こちらは万全の対策を立ててある」と、編集長はいった。「心配するな。家に戻っていろ」

表通りから、パトカーのサイレンが聞こえてきた。

「大丈夫でしょうか。警察が来たようですが」と、おれは顫えながら訊ねた。

「大丈夫だ。青山方面の警察の上層部は、すべてＫＧＢでかためてある。君は早く家に帰れ」

「はい」

おれは受話器を置き、ひと気のない通りをよろめきながら家に戻った。

家の中はあいかわらずまっ暗で、もちろん誰もいなかった。

しばらく書斎でぼんやりしていると、女房が戻ってきた。「ごめんなさいね。すっかり遅くなっちゃって。すぐご飯の支度をするわ」

続いて昌宏も帰ってきた。「ご飯まだあ」

父が帰ってきた。「ああ。腹がへった」

やがて親子四人、明るい茶の間で水いらずの夜食が始まった。女房は少し美人になり、少し色っぽくなった感じだった。

「テレビ、六チャンネルにしようよ」と、昌宏がいった。「ナポレオン・ゼロがあるよ」

「ああ。あれは面白いな」好々爺《こうこうや》然とした父が、眼を細めていった。「あれを見よう」

「見よう見よう」と、おれも調子をあわせた。

しかし今、おれの家族のような顔をして、平和な顔でテレビの『スパイもの』を見ているこいつら——こいつらはほんとに、KGBから派遣された替え玉なのだろうか。

どうだかわからないぞ——と、おれは思った。信用できない。できるもんか。

だが考えて見れば、スパイ・ブームになる前だって、同じ屋根の下にいる家族を完全に信用しきっていた人間なんて、ひとりもいなかったのではないだろうか。いなかったに違いない。いなかったのだ。そうにきまっている。人間とはそういうものなのだ。だったら同じことだ。東西を通じて、戦国時代も平和の御世《みよ》も、今も昔も変りはない。

「ねえ。今日のコーヒー、おいしいわね」と、女房がいった。

「うん。なかなかうまいよ」と、おれもいった。

「おいしいおいしい」と父がいった。

テレビのギャグに、昌宏が明るい声で笑い出した。

脱出

　ビルの周囲は、武装警官にとりかこまれていた。

　ミッキー立川は、六階の事務所の窓から眼の下を一瞥《いちべつ》した。それから、すぐ室内を振り返った。事務所は暗く、誰もいない。

　深夜のビルの中は、ひっそりしていた。

　ミッキー立川は、廊下へのドアを睨《にら》みつけた。

　聞こえよがしの軽い靴音が廊下を近づいてくる。

「きたな」

　ミッキー立川は、マイクに入るように、できるだけ大きくそうつぶやき、もういちど拳銃《けんじゅう》の銃把を握りなおし、スチール・デスクの下にもぐりこんだ。

　汗が出ていた。だが、拭《ぬぐ》うとメーキャップのドーランが落ちてしまう。

廊下には、ミッキー立川をつけ狙う国際諜報《ちょうほう》団員が数人いるのだ。

ミッキーは、第一話で彼らの秘密を知った。だから彼らから命を狙われている。第三話では、諜報団の黒幕の某大物政治家を、正当防衛で殺してしまった。だから官憲からも追われている。二クールめの最終回までには、彼は自分の無実を立証しなければならない。

デスクの下にもぐりこんだ彼を、3カメが追ってきた。

SE――パトカーのサイレン。

クローズ・アップ。

M――主題曲F・I――UP。

「ああ。お疲れさまでした」

第16スタジオの高い天井に、A・D（アシスタント・ディレクター）の声がぐわぁんと響いた。ライトがいっせいに点《つ》き、人物や小道具の影が消えた。セットの陰や部屋の隅から、十数人の男女がやれやれといった表情で、ぞろぞろとスタジオの中央に出てきた。

「やあ。どうもどうも」

「お疲れさま」

「F・D（フロアー・ディレクター）さん副調へ来てください」

「お疲れさま」

「お疲れさま」

グリーン・ルームでミッキー立川を洗い落し、塩田正三になった彼は、長身にゆったりした灰白色のブレザーをひっかけて局のロビーに出た。

彼はミッキーのような混血児ではないが、バタ臭い顔立ちでバタ臭い家庭に育ったため、演技のそこのところだけは「地」が通用した。要するにテレビの演技はそれらしくやればいいのだ——と、彼は以前からそう思っていた——それ以上突っこんだ演技をやったりすれば、チームワークは壊れるわ視聴者には何がなんだかわからないわ時間はオーバーするわ、だいいちそれ以前に、ディレクターが、もっとわかりやすくやれと言いにくるにきまっている——。

彼はロビーのテレビで、好きなアメリカ製の番組を見ながらタバコを一本喫《す》った。これからあとの夜の時間は、最近には珍しく暇だった。

ミッキー立川役をやり始めてから、彼はスターの座に名を連ねてしまい、ほとんどの人間に顔を知られてしまい、金の苦労もなくなってしまい、ついでに暇とプライバシイもなくなってしまった。だが、どういう加減か今夜はテレビ雑誌の記者にも、女性週刊誌の記者にも会わなかった。

今夜は、よく働いたこのおれ自身に、ささやかな休暇をやろう——彼はそう思った。ゆっくりと、ソファから立ちあがった。

「もうお帰り。いいわね」コートを羽織りながら、あわただしくロビーを駆け抜けついでに、森富久子がそう訴えかけていった。

は、と彼は愛想よく笑い返した。

彼女は今夜ヴィデオ撮りした第十話のスペシャル・ゲスト・スターで、これから自分のレギュラー番組のため他局へ駆けつけるのである。

のんびりと散歩し、マンションへ帰ろう——と、彼は思った。——そして、ゆっくり寝よう——。

二十八歳で独身だった。そして、バーやクラブは嫌いだった。

テレビ・タレントがバーやクラブへ行けば、彼らはそこでホステスたちに、テレビで演《や》っているのと同じことを演じて見せなければならない。そうしないと、ホステスたちが納得しないのである。主客転倒だ。タレントはどこへ行ってもサービス精神を見せなければならなかった。有名タレントにとっては、全世界がブラウン管の中にある——ただし、眠った時以外は。

あんな馬鹿ばかしいところ、誰が行くもんか——彼は局の玄関を出ながら、自分に言い聞かせるように、そうひとりごちた。

局を一歩出ると、そこは喫茶店やスナックがやたらに多い都心の商店街である。夜、このあたりの街頭で立ち話をしたり洋品店を漁《あさ》ったりしているのは、暇をもてあましている三流タレントたちや、オフィス街から流れてきたBGたちである。

彼はペーヴメントを踏みしめてじわりじわりと歩いた。こういう歩きかたをして街をぶらつくのも久しぶりだった。

サラリーマンらしい若い男が、彼にやあと声をかけ、親しげな微笑で頭をちょっとさげ、すれ違っていった。彼が振り返ると、男も立ち止って振り返り、首を傾げていた。はて、どこで会った男だろう——そう考えているに違いなかった。彼はふたたび歩き出しながら苦笑した。

昔の映画スターと比べると、テレビ・タレントは大衆にぐっと親近感をあたえる。テレビによく出るタレントほど、街頭で知人とまちがえられて話しかけられることが多い。タレントは茶の間へ侵入し、茶の間の人たちは番組に参加してブラウン管の中へ入ってくるから、番組の中のイベントと現実との区別があいまいになって、両者の間の距離は次第に小さくなってくるのだ。タレントと知っていても、わざわざ近寄ってきてお辞儀する人だっているくらいである。

「あら。ミッキーじゃない」

「ほんと。ミッキーよ」

婦人雑貨店から出てきたBGの四人連れが、彼を指さして頷《うなず》きあった。

ミッキー——それが彼の愛称だ。役名が芸名よりも有名になってしまっていた。これも、映画スターの場合には見られない現象だった。塩田正三と聞かされても、ほとんどの人は首を傾げるが、ミッキー立川といえばたいていの人はああといって頷くのである。

ミッキー立川役で売り出すまで、塩田正三は、ほんのちょい役でしかテレビに出なかった。そしてテレビでは、画面が映画ほど大きくないため、クローズ・アップされないと視聴者に顔を憶《おぼ》えてもらえない、そしてクローズ・アップされるのは、ディレクターが凡庸な場合はたいてい主役の数人。そしてディレクターの多くは凡庸である。塩田正三のイメージは、だから、視聴者にとってはミッキー立川のイメージと同じだった。いや、誇大にイメージ・アップされたミッキー立川の背後に、塩田正三はあるかなきかの存在だった。

それでもいい——と、彼自身は思っていた。ちょい役ばかりで出るよりは、ミッキー立川で売った方が、とにかく生活が楽だ——そう考えていた。

では、この番組が終ったあと、塩田正三はどうなるのか、ミッキー立川のイメージが強烈すぎ、その後はどんな役で出演しても視聴者に違和感をあたえてしまい、どこも使ってくれなくなるのではないか——そのことは、考えないでもなかったが、しかし今までの苦労を考えると、そんなぜいたくなことは言っていられなかった。先ざきのことを、彼はできるだけ考えないようにした。儲《もう》けられるうちに儲けておくよりしかたがないさ——そう思うほかなかったのである。

とにかく、今までがひどすぎた——彼は売れなかった頃の自分を想い返した——ディレクターにゴマをスった、A・Dの肩も揉《も》んだ、F・Dに女をとりもってやるなど幇間《ほうかん》女衒《ぜげん》まがいのことまでやった、よくやった、われながらよく努力した——彼はそう思っていた。今の自分の有名度は、その努力の当然の成果である——彼は胸をふくらませてそう思った。

胸をふくらませたまま、彼は大通りへ出てオフィス街の方へ歩いた。コーヒーを飲もうと思った。オフィス街にも喫茶店はたくさんある。局の近所には、顔見知りがたくさんいてくつろげない——彼はそう思ってはいたが、その実、いつも行かないところまで足をのばし、その辺の連中の自分への反応も知りたかったのだ。彼の場合、どこへ行っても顔見知りがいるのだということを、彼は自分で気がついていないふりをした。オフィス街へ来た。ビルの一階の、通りに面した明るい喫茶店に入った。ウェイトレスが、頬をこわばらせて彼のテーブルの横に立った。

「コーヒー」と、彼はいった。

「はい」ウェイトレスは、固い頬のままで去った。あの女の子、テレビを見ていないのかな——彼はそう思った——あんな応対には、最近いちども接していない。勤務が夜なので、きっとあの番組が見られないのだ——彼はそう信じようとした——きっとそうだ、いやもう、そうに違いないぞ。

ウェイトレスがコーヒーを持ってやってきた。カップをテーブルの隅に置き、勘定書をこれ見よがしに彼の眼の前へ裏返しに置いた。

おかしなことをするな——そう思いながら、彼は勘定書を見た。店名を印刷してある裏面の余白に、幼い字がボールペンで書かれていた。

『ミッキー。あなたのふたつうしろのボックスにいる人はアカサカの刑事です。気をつけて』

われ知らず、彼は一瞬ぎくとした。あわててふり返った。

そのボックスには、チャコール・グレイの背広を着た黒縁眼鏡の男がいて、新聞を読んでいた。男は彼の視線に気がつき、顔をあげ、彼を見てはっとした表情を浮かべたかと思うと、間髪を入れずさっと視線を新聞に落した。

とたんに彼は、追われているもの特有の、あの身の置きどころのない一種の悲愴《ひそう》感に襲われた。だが、もちろんすぐ我に返った。

馬鹿な――彼は舌打ちした――あのウェイトレスめ、ふざけやがって……そうとも、これはたちのよくない悪ふざけだ――。

カウンターを見ると、ウェイトレスは心配そうに彼の方を眺め続けていた。彼は考えを改めた。その真剣な顔つきは、どう見てもふざけているとは思えなかった。

彼女、ドラマの中にいる気らしいな――彼は苦笑した――なんのことはない、彼女もテレビの見過ぎで、虚構と現実を混同しているTVラリパッパのひとりだったのだ。

しかし、さっきの、アカサカの刑事だという男の彼に対する反応は、多少気になった。彼はふたたび振り向いた。アカサカの刑事は顔だけ新聞に向け、すさまじい横眼で彼を見ていた。

彼はびっくりして首をもとに戻した。コーヒーにミルクを入れるつもりが、あわてふためいたため砂糖壺《つぼ》の中へミルクをぶちまけてしまった。

あわてるな――と、彼は自分に言い聞かせた――おれが追われている筈《はず》がないじゃないか、何も悪いことはしていないんだぞ、そういえば政治家をひとり殺してしまったが、あれは正当防衛だった、いやいや、あれはドラマの中のことだ、あのアカサカの刑事は、おれをテレビで見たことを忘れていて、指名手配書の写真か何かで見た兇悪《きようあく》犯人と思い違えているんだ。ただ、それだけのことだ――。

だが彼の胸には、またもやさっきの、追われる者特有の宙に浮いているような不安定感が湧き起った。少年時代、闇市場で警官に追いまわされていた頃の記憶が、二十年ぶりになまなましく蘇《よみがえ》ってきた。そのことは、思い出したくないことのひとつだった。彼はコーヒーをがぶがぶとブラックで飲み乾《ほ》した。苦さに顎《あご》が吊《つ》った。額に汗がにじんだ。疲れているんだ――と、彼は思った――帰るに越したことはない、帰ろう、帰って寝よう……。

立ちあがった。ふらりとした。足が少しもつれ、テーブルをがちゃつかせてしまった。カウンターのウェイトレスは、息を呑《の》んで彼を見まもっていた。彼は彼女に近づき、伝票と金を渡した。

「うまく逃げてね」彼女はそう囁《ささや》いた。本気で彼の身を案じているようだった。

「ああ。気をつけるよ」彼はしかたなく、ミッキー立川のエロキューションで答えた。

「おれがやられたら、花の一束でも買って泣いてくれよな」これは第六話の中にあったせりふだ。

　ウェイトレスはとろんとした眼になり、妊娠しそうな顔で彼を見た。追いつめられた男というものは平和な時代の女性にとって、しびれる存在らしい。殊に彼は苦みばしった好男子だった。ただしウェイトレスは馬づらだった。ふたたび彼は通りに出た。こんどは、追い立てられるように歩いた。

　のってしまっちゃいかん――彼は自分をそう戒めた――いかに俳優とはいえ、適応が激し過ぎるぞ――。そうは思ったものの、とても前のようにじわりじわりとは歩けなかった。

　会社帰りの行列はとうに途絶えていた。靴音が響いた。彼の靴音でない靴音も響いていた。さり気なく振り返ると、アカサカの刑事が一〇メートルほど後から彼を尾《つ》けていた。

　彼は身ぶるいした。

　なぜだ、なぜおれは、追われなきゃいけない――早足になりながら、彼は自分のした悪事を想い出そうとした――仕出し時代から、ひとりのCM娘に追われている、おれはたしかにあの娘をだました、しかし、それがそんなに悪いことだろうか、誰でもしていることじゃないか、だいいち、刑事に追われるほどのことでないことは確かだ、それ以外には、逃亡中に食糧のかっぱらいを三つ四つやったことくらいで……いやいや、あれもドラマの中のことだった、では、それ以外には。

　それ以外に、おれが追われているものは……。

視聴率には追われている、しかし視聴率――こんな馬鹿ばかしいものはない、視聴率の数字というのはあくまで統計上の数値であって、だからそこには当然統計上の誤差が含まれているので、だから数パーセントの上下は誤差の範囲内にあるわけで、やれ二パーセント上った三パーセント下ったの大騒ぎはナンセンス以外の何ものでもない、しかし、この情報社会のタレントは、そんな無意味なものにも追われなければならないんだ、だからテレビの中での無実の罪のために、現実の世界でアカサカの刑事に追われるというナンセンスな事態だって、考えて見ればさほど不思議ではないな――。

いつの間にかオフィス街は出はずれ、高級マンションが両側に立ち並ぶ静かな広い通りを歩いていた。彼はアカサカの刑事にまだ尾行されていた。あたりに通行人は少ない。彼はまた顫《ふる》えた。

逃げよう――と、彼は思った――ここは現実だが、どうやらまだブラウン管の中の現実らしい、ブラウン管の外側の現実へ逃げよう……。

走り出した。通りを右へ折れた。細い舗道だった。まだ、走り続けた。彼自身の靴音が大きく響いた。アカサカの刑事の靴音は聞こえなかった。追ってこないのかもしれなかった。しかし、やはり追ってきているのかもしれなかった。それは彼にはわからなかった。からだは鍛えてあるから、いくら走っても息切れはしなかった。しかし彼は走りながら、いつの間にかわざとぜいぜいあえいでいた。まるで今までずっと追われ続けていたかのように。

彼は追われることに適応しはじめていた。ドラマの都内ロケの時の記憶が、彼に悲しい条件反射をやらせていた。

大きなマンション・ビルの裏のガレージのシャッターが閉まっていて、その前は建物の陰になっていた。彼はそこへ身をくねらせて入りこみ、壁にへばりついた。耳をすませた。

大通りからかすかに聞こえてくる車のクラクション以外、あたりに物音はなかった。彼はじっとしていた。しばらくじっとしていた。「脱出して見せるぞ」と、彼は呟《つぶや》いた。「ブラウン管の向こう側へ」

だが、彼が脱出しなければならないのは、だいいちに彼のタレント意識であったし、よしんばそこを脱《ぬ》け出たとしても、さらにこのテレビ・エイジという情報社会が彼の周囲をとりまいているのだということに、彼はまだ気がついていなかった。

軽い靴音が近づいてきた。

女だな――と、彼は思った――しかも、若い女だ。彼は少しほっとした。女なら、たいていおれの味方だ――彼はそう思った――少なくともドラマの中ではそうだったし、おそらく現実に於《おい》ても、そうに違いない――。

やはり女だった。しかも若い女だった。彼女は焦茶色の柔らかそうなスーツを着ていて、色が白く、濃い口紅を塗っていた。最近では濃い口紅の方が上品なのである。彼女は、ほんとうの美人が滅多にいない最近のタレントばかり見なれている彼が、一瞬どぎまぎするほどの美人だった。

彼女は暗がりの中に立ちすくんでいる彼を見つけて眼をこらし、驚いて小さく叫んだ。

「ミッキー」

彼が黙っていると、彼女は近づいてきてささやいた。「追われてるのね」

彼は答えなかった。

——これだけの美人となると話は違ってくる。不細工な女なら味方だが、美人というのは今までのエピソードから判断すると、敵である確率が五〇パーセント以上だ。

「追われてるのね。きっとそうね。そのくらい、わかるわ。わたしだって毎週テレビを見てるんだから」

しかたなく、彼はうなずいた。どっちにしろ、追われていることは確かだった。

彼女はさらに彼の顔へ口を近づけ、甘い息でささやきかけた。「かくまってあげるわ。わたしのマンションはこのビルの四階よ。わたしはあやしいものじゃないわ。サリーっていうの」

彼が思った通り、彼女は混血だった。ファッション・モデルか何からしかった。

「恩に着るよ」ますます第六話に似てきたなと思いながら、彼はミッキーの方の声でそういった。

彼女は彼の手を、冷たい手で握った。彼はぞくぞくした。彼女もぞくぞくしているようだった。ふたりはガレージのシャッターの横の細い裏口からビルへ入り、常夜灯の点いたうす暗い鋼鉄の階段を四階へ昇った。

そのマンション・ビルは廊下にまで厚いカーペットが敷かれていた。廊下の突きあたりの、エレベーターからいちばん離れた部屋が彼女の部屋だった。ふた部屋とも洋間で、奥の間の乱れたままのベッドをひと眼見て、女はあらはずかしいとか何とか言いながら間仕切りのアコーデオン・ドアを半分閉めた。手前の部屋には豪勢なスカンクの毛皮のソファや大きなウォードローブがあった。調度備品にちらと男臭さを感じ、少し警戒することにしながら彼はソファに腰をおろした。女が寝室へ入っていってから、知らずしらず第六話のセットに似た部分を捜して、彼はさらに室内を見まわした。似た部分がいくつかあったにもかかわらず、第六話のその後のストーリイがどう展開したか、彼は思い出すことができなかった。いらいらした。いらいらしながら立ちあがり、都心の夜景を、壁の片側一面のガラス窓に寄っていってルーバー越しに見おろした。車のヘッドライトがいらいらと動きまわっていた。それはスクリーン・プロセスのようではなかった。

「いらいらしているのね。もう、落ちついてもいいのよ」女が室内着に着換えて出てきた。

彼は油断なく、女の眼を見返した。「そうかな」

「おっかないのねえ」女はわざとらしく溜息《ためいき》をつき、ソファに腰をおろした。「無理ないわ。誰も信用できないでしょうね。いつもいつも、あんな目にあっていたのじゃ」

「君も、テレビの中の出来ごとと現実とを混同しているのか」彼はゆっくりとソファに近づきながら、吐息まじりにいった。「あれはドラマの中の出来ごとなんだよ」

「じゃあ、今は誰にも追われていないっていうの」女は不服そうに、彼に突っかかってきた。「追われていないなら、どうしてあんな暗いところに立っていたの」

「それは……」彼は絶句した。説明できなかった。

女は唇の両端を耳の方へ吊りあげ、アルカイック・スマイルを浮かべて、ソファをぽんと叩《たた》いた。「さあ。ここへおすわりなさい。ミッキー」

彼は女の隣に腰をおろした。

「何か飲むミッキー」

しばらく考えてから、彼は女に向き直り、塩田正三の声で言った。「ぼくはミッキーじゃない」うなずいた。「ぼくは塩田正三というんだ」

女は不機嫌そうに下唇を突き出し、立ちあがって冷蔵庫に近づいた。「せっかく、面白くやっているのに」彼女はぷりぷりしながら、冷蔵庫から氷を出した。「ちっとものってこないのね」

なんだ、ゲームだったのか——彼はほっとしたとたんに、笑い出したくなった——じゃあ、ここはやっぱりブラウン管の外側だったんだ。

「最近町じゃ、こんなゲームが流行《はや》っているのか」と、彼は訊《たず》ねた。

女はそれに答えず、彼にハイボールがいいか水割りがいいかと訊ねた。彼はオン・ザ・ロックがいいと答えた。

タンブラーを渡された時、彼はふたたびミッキーの声でいった。「どうしてこんなに、親切にしてくれるんだ」

女は眼を輝かせた。そしてドアの傍の壁へ小走りに駆け寄ってスイッチをひねった。シーリング・ランプが消え、ブルーのコード・ペンダントがソファの周囲だけをほのかに明るく照らし出した。

「ライトさんOKです。カメラさんOKです。本番五秒前」女ははしゃぎながら彼に駆け寄ってきた。「三秒前。二秒前」

彼女は彼の隣に腰をおろすなり抱きついてきた。室内着の前がはだけて、白い太股《ふともも》が照明でライト・ブルーに染まっているのをちらと見てから、彼は度胸を決めて女を抱き返した。

「サリー。明日の命はわからない」

「すてき」

女は鼻を鳴らし咽喉《のど》を鳴らし、消化不良らしくてついでに腹を鳴らした。ひんやりと汗ばんでいる女の太股に、彼は手をのばした。肉がしまっていた。ふくらはぎも、たるんではいなかった。

「やめて、そんなこと」女があえいだ。「そんなことをしないからこそ、あなたには子供のファンもいるんでしょ」

「その通りだ。いつもは、ここから先はやらない。いや、やらせてもらえない」と、彼はいった。「だが今夜はする」

彼が手を室内着の下にすべりこませようとした時、だしぬけにドアが開いた。部屋が明るくなった。入ってきたのは、これ以上兇悪な顔はないと思える面構えの、背の高い外人だった。消音器つきワルサーを構えていた。

「ニールセン」女があわてて立ちあがった。

「よくやった。サリー」外人は女にうなずきかけてから、彼に向き直った。「やっと見つけたぞ。ミッキー。貴様を追いかけまわしていたんだ。かくまってもらった女がおれの情婦だとは思わなかっただろう。どうだおどろいたか」

「おどろかない方がどうかしている」彼も立ちあがって言った。「おれは君なんか知らん。君は誰だ」

「誰だとは、ごあいさつだな」外人は、吹き替えめいた日本語でいった。「血も涙もないスパイだ」

「おれをどうしようというんだ。殺すのか。殺される理由はない。そっちにあってもこっちにはない。そっちにある理由というのは、だいたいのところ想像はつくがそれはまちがいで、これは現実で虚構ではない」彼の咽喉はからからに渇いていた。

「今夜はいやに臆病《おくびょう》だな」ニールセンという名の外人は、いささかあきれたように、彼をぼんやり見つめてそういった。「もっと無口だった筈だぞ」

「もとから臆病なんだ」彼はとうとう泣き声を出した。わけのわからない恐怖で頬が引きつった。「撃つな。撃たないでくれ。二クールめ、最終回ヴィデオ撮りをするまでは死ねないんだ」それから、けたたましく笑った。「もうよそうよ。面白いゲームだった。だけど、もう帰らなくちゃならないんでね」彼はドアに近づこうとした。

「動くな」と、外人が叫んだ。

その時、地上でパトカーのサイレンが響いた。

外人は耳を立てた。「近いな。様子を見てくる」女にワルサーを渡した。「この男を見張っていてくれ」部屋を駆け出ていった。

パトカーが近くにいるのだし、どうせおれを殺すつもりなのだから、様子を見に行ったりしないで、すぐにおれを射殺して逃げてしまえばいいのに――彼はそう思った――これではわざわざ、主人公に逃げるチャンスをあたえてやるようなものじゃないか――。

しかし――と、彼はまた思った――三流のドラマの中では、主人公を助けるために、これくらいのでたらめはよくやるので、ひどいドラマになってくると、せっかく捕えた主人公を部屋の中へたったひとり置き去りにして、用もないのにふらふらと出かけていく悪役までいるではないか――。

「わたし、あの人が帰ってくるとは思わなかったのよ。あなたのファンだから、あなたと遊びたかっただけなの。本当よ。信じて」女は許しを乞《こ》う眼で彼を見ていった。「ね。逃げて。あの人が戻ってこないうちに、すぐ逃げて」

「もう、こんなゲームはやめないか」彼はできるだけうんざりしたような声を出してそういった。しかし彼は、これがゲームであると信じているわけではなかった。といって、これが現実だということは、いっそう信じられなかった。

「ゲームじゃないのよ」女はおろおろ声でそういった。「あの人はほんとにスパイなのよ。早く逃げて。でないと、あなたは殺されるわ」

「じゃあ、なぜさっき、出て行く前にぼくを殺さなかったんだい」

女には、彼のいう意味がわからないらしかった。

「それにぼくを逃がしたら、君がひどい目に会わされるんじゃないのか」

ここぞとばかり、女は悲劇的な表情をして見せた。「わたしのことなど、どうでもいいのよ」顔を伏せた。「どうせわたしは……」さっと、顔をあげた。「さあ逃げて。この拳銃をあげるわ」

女からワルサーを受け取り、彼はしばらく考えこんだ。——これは三流のシナリオらしい、それならこっちは、三流のドラマツルギーの裏をかけばいいわけだ、それなら助かる筈だぞ——。

「ぼくは逃げないよ」と、彼は女にいった。「ニールセンの裏をかくんだ」

「どうするつもり」

「あの衣裳《いしょう》棚に隠れるんだ」

廊下を足音が近づいてきた。

「来たわ」女は悲鳴まじりに叫んだ。

彼はウォードローブにとびこみ、香水臭いミンクのコートとミニの間に身をひそめて内側からドアを閉め、ほんの数ミリのドアの隙間から室内をうかがった。

外人が駆けこんできた。彼は部屋を見まわして眼を剝《む》いた。

「ミッキーはどうした」

「逃げたわ」女がいった。「階段の方よ」

「くそ」外人はふたたび廊下へとび出した。だが、すぐに戻ってきた。部屋のまん中で立ちすくんでいる女の方へ、意味ありげにゆっくりと近づいた。

「サリー。奴を逃がしてやったな」

「ちがうわ」女はうわずった声で、べらべら喋《しゃべ》りはじめた。「わたしを殴り倒して、拳銃を奪って逃げたの。本当よ。信じて。わたしがあの男を逃がしてやるなんて筈、ないじゃないの」

「あるね」外人は拳銃をもう一挺《ちょう》出した。

その拳銃は、戸棚の中の彼が今手にしている、女から渡されたワルサーと、そっくり同じものだった。スクリプターのまちがいらしいな――彼はそう思った。そう思ったとたん、彼の手からはワルサーが消えた。

外人はねちっこい調子でいった。「お前はあの男に惚《ほ》れたんだ。それで逃がしてやったんだ」

女を問いつめる暇がありゃ、早く追いかければいいのに――彼はまた、そう思った――

どう考えたってこの場合、逃亡者を追いかける方が先である、女に文句をいうのは、あとでいくらでもできそうなものなのに――彼はまた、三流ドラマを見ている時と同じいら立ちを覚えた。

女はけんめいに弁解し続けながら、壁ぎわへあと退《じさ》った。

外人はかぶりを振りながら、じりじりと彼女を壁ぎわへ追いつめた。「どちらにしろ、お前は失策《しくじ》った。スパイとしては致命的なミスだ」

テレビ・ドラマなら、当然ここでとび出していって女を救うのが彼の役だった。だが彼は、もちろんじっとしていた。

外人のワルサーが、ぼすっという音を立てて火を吐いた。

女ははげしく壁にからだを叩きつけた。しばらく壁にもたれてじっとしていた。やがて横ざまに倒れて行きながら片足をあげ、あの白い太股をぴくぴくと痙攣《けいれん》させた。

腹をやられたな――と、彼は思った。

女を撃ち倒すなり、外人は廊下へ駆け出ていった。

逃げるのは今だ――彼はすぐにウォードローブからとび出した。

女が、倒れたまま彼の方に顔を向け、何か喋りたそうに口をぱくぱくさせていた。

こういう場合、安もののドラマだと、主人公はまず女の傍に駆けつけて抱き起す。すると女は苦しい息の下から、ながながといまわのきわの余計なせりふを喋るのだ。主人公の方もまた、いつ敵が引き返してくるかもしれないというのに、自分のヒューマニズムを立証するため、気ながに女のいうことを聞いてやる。女は虫の息の癖をして、スペシャル・ゲスト・スターの出演料相応の肺活量でだらだらと喋り続け、喋ることが完全になくなってしまってからまだ何か言いかけ、ぜいぜいあえぎ、呼吸の停止した顔の芝居をし、幸福そうにがくりとのけぞるのである。

だが、そんな手続きをしている暇はない——と、彼は思った。

死にかけている女を見ないようにして、彼は廊下へ出た。外人がいるから、階段からは降りることができない。彼はエレベーター・ドアの前まで行き、ボタンを押した。エレベーターで正面から堂々と出た方が安全だと判断したのである。ドアが開いた。ゴンドラには誰も乗っていなかった。一階のボタンを押した。ゴンドラはゆっくりと降下した。

一階で停止し、ドアが開いた。彼は一歩、ロビーへ踏み出した。玄関のガラス・ドアの向こうに、アカサカの刑事が立っていた。彼はあわててエレベーターに引き返した。自分の姿を見られたか見られなかったか、彼にはわからなかった。彼は地下一階のボタンを押した。

地下一階の薄暗い廊下の両側には、機械室や倉庫のドアが並んでいた。彼は倉庫と思える手近のドアをあけ、中へとびこんでうしろ手にドアを閉めた。

ところが、そこは倉庫ではなかった。

管理人室らしく、四畳半ほどの明るい畳の間で、卓袱台《ちゃぶだい》に向かって高校生らしい娘がひとり坐《すわ》っていた。

「やっぱり来たわね。ミッキー」彼女は部屋の隅のテレビを見つめたまま、彼にそういった。

「しばらくここにいるといいわ。ここなら安全よ」

「どうしてぼくがここへ来ることを知っていたんだ」彼は三和土《たたき》に棒立ちになったまま、驚いてそう訊ねた。

「だって今まで、テレビを見てたんですもの」娘は彼に向き直った。顔立ちは整っていたが、皮膚は蒼黒《あおぐろ》く沈んでいた。

彼はテレビの画面を見た。スクリーンには彼自身の顔が映し出されていた。

「今夜はあのドラマは放送していない筈だが」彼は呆然《ぼうぜん》としてそういった。「そのテレビは、どこのテレビだ」

「モニター・テレビよ。わたしはあなたのドラマのモニターなの。だからテレビで、ずっとあなたを追っているのよ」

彼は唖然《あぜん》としたまま、娘の小さな顔をじろじろ眺め続けた。

娘はくすくす笑った。「そんなところに立ってないで、おあがりなさいよ。お茶でもいれましょうね」

彼は靴を脱ぎ、卓袱台の前まで四つん這《ば》いに這っていき、テレビのスクリーンを凝視した。そこにはテレビのスクリーンを凝視している彼の姿が映っていた。

しばらく凝視し続けてから、彼はジャーの湯を茶瓶にいれている娘に訊ねた。「このテレビは、特殊なブラウン管を使っているのか」

「たしか、フレドリック式ブラウン管とか聞いたわ」娘は、湯呑茶碗《ゆのみぢゃわん》に茶を注ぎながらそう答えた。

「こいつはまちがってるよ」と、彼はいった。「虚構と現実がこんなに接近していてはいけない。これはよくないことだ」

娘はじろりと彼を見ていった。「あなたがそんなことを言ってはいけないわ。あなたはタレントでしょう」

「タレントである前に人間だ。現実に生きている人間だ」彼はそう叫んでから、ぐったりとうなだれた。「ぼくは疲れたよ。帰ってゆっくりと寝ることにする」

「だめよ」三和土の方へ這いかけた彼に、娘がいった。「ゆっくりと寝るなんてぜいたくだわ。あなたが自分ひとりの世界へとじこもってしまったら、わたしはどうしたらいいの。わたしはあなたのモニターなのよ」

「いや。おれはブラウン管の外側へ脱出してやるぞ」彼はのろのろと靴を穿《は》いた。

「外へ出ちゃだめ」娘がきっとなって彼を睨みつけた。「モニターを怒らせたら、後悔するわよ」

彼は立ちあがった。「出口を教えてくれ」

娘はぷっとふくれて、そっぽを向いた。「どうなっても知らないわよ」

彼はしばらく黙っていた。

娘は嘆息した。「向かいの部屋のいちばん奥に、裏の路地へ出る階段があるわ」

彼は外に誰もいないことを確かめてから、管理人室を出た。廊下を横切り、向かいのボイラー室に入った。天井をダクトがのたくっていて、水滴がコンクリートの床に水溜《みずたま》りを作っていた。ボイラーの間を縫って前進すると、鋼鉄の階段があった。階段を登り、小さなスチール・ドアを開け、隣のビルとの間の幅一メートルばかりの路地に出た。

路地の右側が裏通り、左側が表通りだった。彼は表通りへ出ようとした。外人は表通りにはいないだろうし、表通りへ出てすぐタクシーに乗ってしまえば、アカサカの刑事も追ってはくるまいと思ったのである。
二、三歩左へ歩いた時、路地の入口に人影があらわれた。アカサカの刑事だった。彼はくるりと向きを変え、裏通りへ行こうとした。裏通りに人影があらわれた。外人だった。外人は拳銃を発射した。
彼の肺臓が急激に冷たくなった。

続いて銃声が轟《とどろ》き、彼の胃が燃えた。刑事に撃たれたのだ。

彼は背を曲げた。なぜだ、なぜ死ななきゃならない——彼は驚きに眼を見ひらきながら、路上にくずおれた。——しかも、スパイと官憲の両側から撃たれて死ぬなんて……。

雨が降り出した。

表通りへはパトカーと、テレビの中継車がやってきた。倒れた彼の背中に、エンド・

マークがW《ダブ》りはじめた。

彼の眼の前が暗くなった。その暗闇の中に、天国の門があらわれた。それは彼の方へ近づいてきた。天国の門は、ステージ・ドアの形をしていた。

露出症文明

私は電話という機械が大きらいだ。

特に、かかってくる時がきらいだ。

だしぬけに傍でけたたましく鳴り出されるとびっくりする。そろそろ鳴るんじゃないかと思った途端に鳴った時などとびあがる。あれは精神衛生上非常によくない。だいいちに鳴りかたが脅迫的である。ほっとけばいつまでも「さあ出ろ早く出ろ、すぐ出ろ今出ろ」といってわめき続ける。こうなるともう、かけてきた人間の人格とは関係なしに、電話機そのものを人格化して、いつも机の片隅で無気味にうずくまっている黒い気まぐれな怪物としてしか感じなくなってしまうから不思議だ。

さいわい私の職業は自宅で仕事をする建築設計士だからよかったものの、もしサラリーマンなどになっていたら、のべつオフィスに鳴り響く電話のベルのために、きっと精神障害を起していただろう。

そのくらいだから、ある日妻が私に、顔テレを買いたいと言い出した時は、もちろん反対した。

「あれはいやだ」と、私はいった。「赤の他人から否応なしに私生活を覗《のぞ》かれる。いらいらする」

「お隣りもお向かいも、このマンションの人はほとんど買ってるわ」妻は躍起になっていった。「私生活を覗かれるくらいのこと、高級な消費生活をしようと思えば当然覚悟すべきよ。だいたいあなたみたいに、電話が嫌いなんて人は現代じゃ珍しいわ。お年寄りならともかく、まだ三十一歳じゃないの。どこか精神的に欠陥があるんじゃない。精神分析受けて見たら」

とうとう気ちがい扱いだ。

署名入りで『悩みの相談室』かなんかへ、「電話嫌いの夫をどうしたらいいでしょう」なんて投稿されたら世間のもの笑いである。私はしぶしぶ腰をあげ、ある日電話局へ顔テレ加入の申込みに出かけた。

顔テレというのは、五年前から利用され始めたスクリーンつきの電話である。受話器のかかった垂直パネルには、イメージオルシコンの入ったカメラとブラウン管とスピーカーがついている。

それ以前、SF作家たちは『テレビ電話』とか『ヴィジフォーン』だとか『テレスクリーン』だとかいった思い思いのものを勝手に発明し、お得意の荒唐無稽《こうとうむけい》な小説の中に小道具として使っていたが、いざ実用化されるとそれは『顔テレ』と呼ばれるようになった。家庭用のものはブラウン管が小さく、ほとんど顔だけしか入らなかったからである。最初は官公庁や会社などで使われていたのだが、誰かが最初に自宅に設置してから、急に一般家庭用に使われはじめたのだ。

いつも思うのだが、いったいこの顔テレなんてものを最初に自宅にひいた奴はどこの気ちがいだろう、よっぽど露出癖のある奴か、見栄っぱりだったにちがいない。かける先だって、その頃はそんなになかった筈《はず》なのだから。

そういえば、そもそも電話というものを最初に買った奴ほど馬鹿な奴はいないと思う。どこからもかかってこないし、どこへもかけられないではないか。

それはともかく、私だって何も顔テレの便利さというものをぜんぜん認めていないわけではない。最近では、ほんの時たまだが、あればいいなと思うことさえある。だからこそ妻の言うことにも大してさからわず、こうして出かけてきたのだ。

商売柄、相手に図面を見せて説明しなければならないことが多いのだが、その場合電話では埒《らち》があかない。ファクシミリ（模写電送）が普及しているが、あれだと素人が相手の場合は図面の見かたを知らないから、結局行って説明してやらなければならなくなって二重手間だ。やはり顔テレで図面を見せながら説明してやるのがいちばんいい方法だろう。他の設計士やデザイナーなどは、ほとんど顔テレを使っているようである。

そんなことはよく承知しているのだが、食事中や睡眠中に否応なしに機械の前へ呼びつけられたりすることを考えると、どうも憂鬱《ゆううつ》だ。

宙ぶらりんの気持を抱いたままで、私は電話局のデラックスな建物に入った。

受付の小娘は送話器をかかえこんで誰かと話していた。カウンターの下に小さなスクリーンがあるらしく、くすくす笑いながらずっと俯向《うつむ》いたままである。ボリュームをぐっと落としたスピーカーは、男の低い声で囁《ささや》いていた。

「顔テレ加入の申込みをしたいのですが」と、私はいった。

彼女はうるさそうに、背後の案内板を顎《あご》で示した。

ビューフォン新規加入申込は一階の右側奥へどうぞと書いてあったので、小娘の吹かした役人風にあおられながら私は右側の広い廊下へさまよいこんだ。ふらふら歩いて行くと、ビューフォン加入申込受付と書いてあるドアに突きあたった。どうやら正式には顔テレのことをビューフォンというらしい。きっとこの部屋だろうと思いながらドアを押して入った。

部屋の中には申込者らしい数人がベンチに腰をおろしていた。受付けているのは、目《め》尻《じり》の吊《つ》りあがった色白の若い男ひとりだけである。

一時間ほど待ち、私の番がきた。私は机をはさんで受付係と向かいあった。

「顔テレの加入を申込みたいのですが」と、私はいった。

彼は陰気な目つきで、じろりと私を睨《にら》んだ。「顔テレって何ですか」

私はあわてて言いなおした。「失礼。ビューフォンです」

彼は笑いもせず、横につみあげてある申込用紙の一枚をとり、私の前にさし出した。

「住所、氏名、年齢、職業、家族」ぶっきらぼうにそういって、タバコに火をつけた。

「ここへ来たのは初めてですね」私の書きこんだ申込書を、うさんくさそうに横目で眺めながら、彼は投げやりに訊《たず》ねた。

「そうです」

「至急にご入用ですか」

「まあ、そうです」そういってしまってから私は、自分を見栄っぱりに思われるのが癪《しゃく》だったので、よけいなことをつけ加えた。「私はそれほどでもないのですが、家内がうるさくてね」

彼は尊大に胸をふくらませた。「是非必要だという人がいっぱいいます。つかえてるんです。それほどさしせまってないなら、あとまわしになってもいいですね」

「いや」私はあわてて見せた。「必要なのです。商売柄、どうしても」

彼は念を押した。「必要なのですね」

「はい」

「では最初からそういえばいいのです」

むかついたが、黙っていた。

「あなたの収入の額を証明するような書類はお持ちですか」

「今は持ってきていません。それが必要なのですか」

「必要なのです。こちらで決めた水準以上の収入のある人でないと、ビューフォン加入を許可しないのです。あなたの収入はどの程度なんですか」

「多いというほどのこともありませんが、少ないというほどのこともありません」

「どっちなんです。多いのか少ないのか」

「とにかく、ビューフォンを買うくらいの金はあります」

「あたり前でしょう」受付係は露骨にしかめっ面をして見せた。「ビューフォンを買うくらいの金なら、誰だって持っています。にもかかわらず、ビューフォンは社会的地位と豊かな消費生活の象徴とされています。なぜだかわかりますか」

「わかりません」私は面倒くさくなってきてそう答えた。

「そうでしょう」受付係は無理もないという様子でうなずいた。「ビューフォンのことを、顔テレなどという汚ない言葉で呼ぶ人には、わからないのも当然です。ビューフォンを買う金しか持っていない人には、ビューフォンを使う資格はないのです。貧乏な人が世間体とか虚栄心のために無理をしてビューフォンを買う。どういうことになると思いますか。かけてきた人に不快感をあたえるのです。スクリーンには顔だけが映るのではありません。背景として家の中も映るのです。室内が汚れていたり、家具調度ががたがたでぼろぼろだったりしては、せっかくビューフォンを買っても、その人の家庭の内情が暴露されて結局逆効果です」

「そうかもしれませんね」

「そうなのです。ところで、あなたの家庭にはメイドさんはいますか」

「メイドさ……ああ、女中ですか。女中ならいます」

「正直いって」彼は嘆息した。「メイドさんのことを女中と呼び捨てにするような口の悪い方には、ビューフォンを使ってほしくないのです。相手に不快感をあたえないような、正しい言葉づかいをする人にだけ、われわれはビューフォン加入を許可しているのです」

「まあ、そんなことはどうでもいいでしょう」と、私はいった。「なぜ女中が……いや、そのメイドさんが、ビューフォンを使う上で必要なのですか」

「常にスマートな状態でビューフォンの応対ができる家庭でないと、ビューフォンを設置することはできないのです。たとえばメイドさんがいない家庭では、ご主人が寝巻のままスクリーンにあらわれたり、奥さんがバスタオル一枚のまま応対に出たりという見苦しい事態が生じます。ですから最低ひとりのメイドさんが、どうしても必要なのです。しかし、今度来られる時は、家族とメイドさんの顔写真を持ってきてください」

「どうしてそんなものがいるのですか」

「見苦しい顔だと困るからです。たとえば片目が潰《つぶ》れているとか鼻がないとか、頬に穴があいていて、そこから奥歯が見えているとか……」

「ちょっと待ってください」私はあわてて彼を制した。「私に友人がいます。その男は内耳炎の手術を受けた時、下手糞《くそ》な医者のために耳の下の混合神経を切断され、以来、顔の右半分の筋肉がだらりと垂れさがり、左半分と比べて約三センチ下へずれているんです。その上、右の眼を瞬《まばた》くことができないため、三十秒に一度は自分の指で上下のまぶたをつまんで瞬かせなきゃいけない。おまけに残りの左半分は顔面神経痛で、のべつまくなしにぴょんぴょん躍りあがっています。話している途中で、ときどき顎をはずしたりします。さらにこの間から中風に見舞われた上、若い頃からの舞踏病が再発しました」そこまでいっ気に喋《しゃべ》ってから、私は息を吸いこんでいった。「その男はビューフォンを持っています」

「それはその人が非常に高い社会的地位についている上、お顔の欠陥をカバーするに足るお金持ちだからでしょうね。もしもあなたの年収が一億円以上なら、その証明書だけで写真はいりませんよ」彼はこともなげにそういってから、声をひそめた。「しかし、その話は本当ですか」

「ぜんぶ嘘です。では収入額の証明書と、家族と女中の写真さえ持ってくればいいんですね」

「いいや。まだあります」

「まだあるのか」

「まだあるのかとは何ごとです。これはまだ序の口なんですよ」彼はむっとしたようにそういってから、じろりと私を横目で睨み、しばらく黙った。

私が黙っていると、彼はやがて傍らの書類をぱらぱらとめくりながら、よそよそしい様子でさりげなく言った。「どうします。申込みをやめますか」

私は怒鳴り出しそうになる自分を、ぐっと制した。膝《ひざ》の上で握りしめた固いこぶしが、自分でどうしようもないほど顫《ふる》えていた。

「いや。いや、どうぞ」と、私はいった。「どうぞ続けてください」

お役所の一種独特な応対ぶりには馴《な》れている筈なのだが、何度やられてもそのたびに湧き起る怒りは新鮮ではなはだ激烈、その上頭には血が逆流する。精神衛生上非常によくない。怒りは寿命を大幅に縮めるそうだから、長生きしようと思う人はできるだけお役所へ行くのを避けた方がいいだろう。

「ビューフォンを置く部屋の写真を持ってきてください」と、彼はいった。「もちろんカラー写真で。いつビューフォンがカラーに切り替わるかしれませんからね」

「ほう。もうそんな計画があるのですか」

「あります」

「電話でさえ、まだカラーになっていないのに」

「なんですと」彼はぎょっとしたように顔をあげ、しげしげと私を眺めた。

「い、いや、なんでもありません」

「そうだ、思い出した。それから家族ぜんぶの方の精神分析の診断書を持ってきて下さい」


「精神分析を受けなきゃいけないんですか」

「そうです。困ることはないでしょう。それともあなた、どこか精神に欠陥があるんですか」

「ご覧になればわかるでしょう。私は気ちがいじゃありません」

「ふん」彼は鼻で笑った。それから疑わしげな眼を私に向けた。「わかりませんよ。最近は突発的に発狂する人がふえています。平凡なサラリーマンが会議中に突如おかしくなって上役をぶち殺し、家へとって返して奥さんをネクタイで締め殺したり、おとなしい理髪師が、だしぬけに客のノドを剃刀《かみそり》でざっくり開いたり、お婆さんが障子に火をつけたり、秀才と思われている大学生がおかしくなって、急に教室でライフルを撃ちまくる。近頃では子供でさえ、ある日突然鉄道のレールに石を並べはじめるのです」

「それはしかし、現代人すべての心の中にひそんでいるかもしれない衝動でしょう。そんなこと言い出したら、誰だって信用できないじゃありませんか」

「そうです。誰も信用できない。だからこそビューフォン加入申込者に対しては、どんなに正常に見える人でも、たとえ総理大臣であろうと、精神分析を受けてもらっているのです」

「精神異常者がビューフォンを使ったとします。その場合どんな害があるのですか。電話と同じことなんだから、直接他人に害を及ぼすことはあまりないと思うのですが」

「そう考えるのはしろうとのあさましさです。電話とビューフォンを同じようなものと思ったら大まちがいですよ。精神異常者による実害はあるのです。すでに起っています。特に露出癖のある精神異常者による害が」

「露出癖」私はここぞとばかり、オーバーに苦笑して見せた。「ビューフォンを買うような人は、多かれ少なかれ露出癖のある人ばかりだと思っていましたがね」

「だいぶ偏見がありますな。あなたの言ってるのは自己顕示欲のことでしょう」

「似たようなものでしょう」

「ぜんぜん違います。自己顕示欲の方はビューフォンを買う人にとって絶対必要条件です。自分の家庭をよりよく見せようという願望、自分を実際以上のものとして他人に見てほしいという欲望——これがあってこそビューフォン文明が進歩するのです。だいいちあなた、これがなければ現代生活はできませんよ。他人に私生活を覗かれることを厭《いや》がる人は、現代ではむしろかたわです」

　私は身体をもぞもぞと動かし、椅子にかけ直した。「そうでしょうか」

「そうですとも。現にあなた、今活躍している有名人で、自己顕示欲のない人がいますか。いませんいません。グラフ雑誌に自分の寝室の写真が載ったり、台所の様子がテレビに出たりするのを喜ぶ人ばかりです。むしろ、自己顕示欲が旺盛《おうせい》だったからこそ有名になれたといえるでしょうね。昔ならいざ知らず、今じゃそうでなきゃ有名になれない」

「有名人の話はともかく」と、私はいった。「露出狂の話はどうなりました」

「露出狂は困ります」彼はうなずきながらそう言った。「と同時に出歯亀も困ります。この両者が結びつくと犯罪が構成されるのです」

「何か、事件があったのですか」

「ビューフォンを利用してエロショーをやる奴が出たのです。会員を組織して金をとり、一定の時間にあるビューフォン・ナンバーへかけると、そこには闇で作った数十台の副ビューフォンが置いてあって、シロシロ、シロクロ、クロイヌ、ウマシロ、シロクマ、クロニワトリなどが見られるようになっているのです」

「取り締まれないのですか」

「電話ならなんとか盗聴できますがビューフォンでは駄目なんです。全国にあるビューフォンの台数と同じだけのモニター・ブラウン管を局へ置けばいいわけでしょうが、たいへんな数ですからそんな場所はないし、だいいち見てまわるのが大変です。偶然ビューフォン・ナンバーを間違えてそのショーを見てしまった人の報告を待つより他に方法がありません。ところがたいていの人は喜んでしまって、報告をしてくれないのです」

「ふうん。なるほど」

「まだ悪い奴がいます」彼は身をのり出した。眼が輝いていて、額に汗をかいていた。唇を舐《な》め、喋り続けた。「有名女優だとか美人タレントのところへ、オナニーをしながらビューフォンをかける奴がいます。相手がスクリーンにあらわれるなり射精してザーメンをぶちまけ、ブラウン管をまっ白けにして喜ぶ奴がいます」彼自身が喜んでいた。

私はうなずいた。「悪質ないたずらですね」

「悪質ないたずらです。これも取り締まれないで困っています」彼は喋り終ってひと息つき、汗を拭《ぬぐ》った。「なんの話でしたっけ」

「精神分析医の診断書がいるというところまでです。それでは書類はそれだけでいいんですね」私は立ちあがりながらいった。「さっそく、貰《もら》ってきます」

「それだけでいいなんて、いつ言いました」受付係は薄笑いを浮かべながら私を見あげてそう言った。

「まだ何かいるのですか」

「いりますとも」彼は傍らの書類をぱらぱらとめくりながら小首を傾げた。「ええと。何だったかなあ」

「なぜ私だけ、そんなにたくさん書類がいるのですか」私はかっとなって大声を出した。「私の前にいた他の人たちは、収入証明だけでよかった筈ですよ」

「他の人は他の人、あなたはあなたです」彼ははっきりと嫌悪の情を浮かべ、吐き出すようにいった。「そんな大きな声を出すような人は、ビューフォン向きじゃないな」

「大きな声は地声だ。よろしい。ではいったい、どんな書類を貰ってきたらいいのか早く言いなさい。山ほどの書類の名を列挙しなさい。ちっともおどろかないよ。いくらでも貰ってきてやる。早く言いなさい。私はいそがしいのだ。さあ早く。さあ早く」私はあたりかまわずわめき立てた。

彼は肩をすくめるようにして、ぷいと横を向いた。「いくら書類を早く持ってきたって、すぐにビューフォンが引けると思ったら大まちがいだ」

「何ですと。一体、いつになるというんです」

「さあねえ。二年さきになるか、三年さきになるか……」

私はあきれて叫んだ。「どうしてそんなに長くかかるのです」

「長くかかるから長くかかるのです」

「理由になっていない。理由を言いなさい理由を」

彼は憎悪に眼をぎらぎら光らせ、私を睨みつけながら、唾《つば》をとばしていった。「申込者が多くてつっかえているんだ。こっちとしては、文句のつけようのない申込者を優先的に扱いますからね。まあ、あなたもひとつ、そのつもりで出直してくるんですな」

「この青二才め」私はとうとう彼を怒鳴りつけた。「役職をカサに着て、なんだその態度は」

「態度が気にくわなきゃ、帰ったらいいでしょう」彼はせせら笑った。「そのかわり、ビューフォンは永久につきませんよ。こっちはあなたの名前を憶《おぼ》えましたからね。だいたいあんたみたいな人に、ビューフォンを許可したらたいへんだ」

「ご立派なことだな。それで顔テレ文明をひとりで背負って立ってるつもりか。思いあがりもはなはだしい。さっきから貴様のいってることは内政干渉だ」

「まあ、こっちには責任があるんだからね。あんたみたいな性格破綻《はたん》者にビューフォンを許可したら、私は公務員としてその責任を問われることになる」

「貴様みたいな木っ端公務員に、家庭や人格をうんぬんされてたまるか。出歯亀は貴様じゃないか。貴様なんか死ね。死ね死ね死んでしまえ。顔テレなんかいらん。あんなもの欲しいものか。いらんぞいらんぞ」

「結構ですな。では帰ってください。申込者がつかえてるんだ。こっちはいそがしいんだ」

「帰ってやる。だがその前に訊《き》きたいことがある。貴様の名前は何というんだ。名前をいえ名前を」

「名前を聞いてどうするんだい」

「どうしようとこっちの勝手だ。お前はおれの名前を知っている。だからお前も自分の名を名乗れ」

彼は唇を歪《ゆが》めて笑いながら答えた。「わたしの名は電話局ビューフォン加入申込受付係だ」

「こいつめ。ふざけるな」私は腕をのばし、力まかせに彼の胸を突いた。

「うわ」彼は椅子ごと、背後へ仰向《あおむ》けにひっくり返った。

「顔テレはあきらめろ」そのまま家に帰ってきて、私は妻にそういった。

「あら。どうして」

「受付の役人と喧嘩《けんか》した。おれはもう、二度とあそこへは行かんぞ」

「行かないんじゃなく、行けないんでしょう。駄目ねえ。やっぱり男は」妻は嘆息した。

「それは、どういう意味だい」

「男はすぐ喧嘩するから駄目だってことよ。さっき、お向かいの奥さんから聞いたんだけど、お向かいもやっぱり、最初ご主人が電話局へ行って、喧嘩して帰ってきたんだって。あそこは女が行かなきゃ駄目なんだって。その次の日、奥さんが行って頼んだら、すぐつけてくれたそうよ」

「そういえば、顔テレのなかった頃から、電話局にはそういう評判があったな。しかし、いくら何でも今度はだめだろう。名前を憶えられてしまったからな」

「とにかくわたし、明日行ってくるわ」

考えてみれば、露出癖というものはどちらかといえば女性心理に属するものである。だから昔、女性の長電話が有名だったのと同様、顔テレの使用度も使用時間も、男性に比べて女性の方が多い。それに第一、現代は文明の女性化時代だ。顔テレ文明を促進させるのは女性の役割だ。そう考えると、なるほど妻のいう通り、私が行くより妻が行った方が、話が早いかもしれない。

妻は翌日、書類をひとつも持たないで電話局へ出かけていき、たった一日で申込みの手続きをぜんぶ済ませてきた。

顔テレは、次の日についた。

その日から妻は、一日中顔テレの前に腰を据えたきり、友人とのおしゃべりに熱中しはじめた。私が声をかけても返事をしない。あまり横でうるさく言うと、スクリーンの中の妻の友人からぎゅっと睨みつけられる始末だ。

いそぎの仕事で使おうとしても、妻の会話はえんえんと続く。結局出かけて行くか、電話を使った方が手っとり早いということになる。

ところが妻の方では、世間話をするだけでなく、買物まで顔テレですませてしまう。結局彼女の外出は、週に一度、美容院へ行く数時間だけということになってしまった。

おれにとって――つまり男にとって、世の中にまたひとつ悩みの種ができたんだなあ――私はそう思った。こういう調子で、次第しだいに女の住みやすい――つまり男の住みにくい世の中になっていくのだ。

知らないいぞしらないぞ。

メンズ・マガジン一九七七

「ひゃあっ」

女のような悲鳴をあげて、気の弱いカメラマンの酒井が編集室のスタジオからとび出してきた。何かよほど恐ろしいことが起ったらしく、彼は蒼白《そうはく》になって編集室を走り抜け、そのままビルの廊下へどえらい勢いで駆け出していった。

「何ごとだ」

ちょうど編集室には私と、編集部員の金しかいなかった。私たちは顔を見あわせながら立ちあがり、スタジオの入口へ恐るおそる近づこうとした。

その時、わあっと泣きながら開いたままのスタジオの入口から、ヌード・モデルの奈村端枝がすっ裸で走り出てきた。彼女の姿をひと眼見て、私と金は腰を抜かさんばかりに驚いた。彼女は肛門《こうもん》からサナダムシを二メートルばかり出して、床へひきずっていたのである。

「わっ」と、金が悲鳴をあげた。

「編集長。助けて」端枝は泣きわめきながら私のデスクに駆け寄ってきた。

こんなのに抱きつかれてはたまらない。だいたい私だってながいものは嫌いだ。

「ひゃっ」音を立てて顔から血の気がひいた。あわてて逃げようとしたが駄目だった。

「逃げないで。いや。いや。助けて」端枝は私に抱きついて泣き叫んだ。「お願い。このことを記事にしないで」

どうやら彼女にとっては、サナダムシが出た恐怖よりも、それがゴシップ記事になる恐怖のほうが大きいらしい。

「わたし、お医者呼んでくる」金はそう言い捨て、うまく逃げ出してしまった。

「く、苦しい。はなしてくれ」全裸の端枝の太い腕で首ったまに抱きつかれたため息がとまりそうになり、私はあわてふためいて手足をばたばたさせた。「記事にしない。記事にしないからはなしてくれ」

「こんなこと書かれちゃ、わたし、笑いものになるわ」

「書かないから。書かないから」私はやっとのことで彼女の腕からのがれて、ふたたびわあっと号泣しはじめた端枝をなだめながら部屋の隅のソファまでつれて行って寝かせた。

「静かにしなさい。あばれるとサナダムシがひっこんでしまうよ。もうすぐお医者がくるからね」

スタジオのカラー立体《キューブ》・写真用《フォト》ライトの熱のため、ヌード・モデルが蛔虫《かいちゅう》を出したという事件は今までにも数回あった。モデルというのは美容のためと称してなま野菜をよく食べるから、たいてい腹の中に蛔虫を飼っているのである。しかしサナダムシというのは私もはじめてだ。彼女を俯伏《うつぶ》せにし、気味悪いのを我慢してその尻《しり》のあたりを見ると、サナダムシは冷たい外気を感じたためかふたたび彼女の暖かい直腸の中へ一メートルほど引き返しはじめていた。

「早く医者が来ないと、引っこんじゃうな」

「こんなことが知れたら、わたしお嫁に行けないわ」

以前、やはりヌード・モデルの珠みち代が蛔虫を出した時も、彼女の必死のもみ消し工作で記事にこそならなかったが、マスコミ関係者の間にはそのことがすぐ拡がり、どこへ行っても笑いものにされたため彼女はモデルをやめてしまった。もちろん結婚もまだしていない。ただでさえ結婚をいやがる最近の男性が、皆から笑いものにされている珠みち代に結婚を申し込んだりする筈《はず》がなかった。

十年前――つまり一九六七、八年頃からこっち、女性の権力がやたら強くなってきて、男性が女性を敬遠しはじめ、女性にとっては今や空前の結婚難時代となった。私が編集している男性雑誌「イリュージョン」でも、「いかにして女から逃げるか」だとか、「女と結婚しなくてすむ方法」とか「最も安あがりな離婚のしかた」「女はこうして男をだます」「あなたは女性に狙われている」などという特集をやると、たちまち四日足らずで売り切れてしまうぐらいだ。現にこの私も、三十三歳にして未《いま》だに運よく独身である。

運悪く結婚しなければならなくなった男のたどる道は悲惨である。仕事が終ればまっすぐ定刻に帰宅いたしますと妻に誓わなければならず、これにそむくと全国に二千万人の組織員を持つ主婦連盟に訴え出られるから多額の違約金を妻に支払わなければならない。さらに素行が定まらない時は勤務先に訴え出られる。会社がその男を説得しない場合――つまり会社が主婦連盟に協力しない場合は、その会社は不買運動その他さまざまな方法で圧力を加えられるのだ。夫は家庭のことに関しては妻に絶対服従しなければならず、家事も強制的に手伝わされる。たまりかねて離婚しようとすれば何百万という慰謝料を払わなければならないから、これも普通の男にはまず無理だ。こういう哀れな男性用には、うちの社からも「殿方生活」、他の社からも「亭主の手帳」「主人の友」といった家庭雑誌が出ている。

「お医者呼んできた」金が、このビルの地階で開業している内科医をひっぱってきた。ビルの三、四、五階が尋常出版KKで、このイリュージョン編集部は四階にある。

「ははあ。これはカギサナダという、いちばんたちの悪い奴です」中年の医者は端枝の尻から出たサナダムシをひと目見てそういった。「あなた最近、肉を食べましたか」

「二か月ほど前、朝鮮料理屋で肉のお刺身を食べたわ。ほかは野菜ばかりよ」

「生肉ですな。ではそれだ」

「どうやってそいつを退治するんですか」

「病院へつれて行って下半身をぬるま湯に浸します。するとサナダムシが出てきますから、途中でちぎれないように、看護婦たちにそっと引っぱり出させます」

金に手伝わせ、医者は端枝を地階の病院へ運んでいった。

騒ぎが終ってほっとしているところへ、階下から電話がかかってきた。

「受付へ、若いレディ連合の委員だという女が五人やってきました。編集長に会いたいといって帰りません」

「今いそがしい」私は顔をしかめた。「会わないといってくれ」

「でも……」

私は受話器を乱暴に架台に置いた。若い女にゃ用事はあるが、若いレディに用はない。どうせイリュージョンに載った記事に対する難癖だろう。主婦同様、若い娘たちの男性雑誌に対する反感はものすごい。彼女たちは自らをかえりみず、自分たちが男性に結婚してもらえないのは、男性雑誌が女性無用論や結婚を否定するような記事ばかり載せるからだと信じているのだ。

どこかへ逃げていたカメラマンの酒井が、あれはやっぱりヘビでしたかヘビでしたかと尋ねながら、おそるおそる戻ってきた。よほどヘビが嫌いらしい。

「いや。あれはヘビじゃない」と、私はいった。「あれはサナダムシだ」

彼は身を顫《ふる》わせ、近ごろの女は何を出すかわからないので怖いといいながらスタジオへ入っていった。

　また電話が鳴った。

　原稿をとりにいった福山からだった。

「木島先生の原稿が、まだできません」

「いつになるんだ」

「あと二、三日かかるそうです」

「穴があくじゃないか」私はあわてた。

「そうです。大穴です」

「落ちついてちゃ困るな。せかしたのか」

「せかしました。でも、駄目だそうで」

　私は舌打ちして受話器を置いた。最終締切りは今日の五時である。もう三時だ。至急穴埋めを考えなくちゃいけない。

　端枝を運んでいった金が戻ってきた。

「サナダムシ全部出すのに、半日はかかるそうです」

「弱るなあ。撮影はまだなんだろ」

「そのようですな」金は他人ごとのようにそう言った。

　この金という若者は韓国人で、日本の大学へ留学したのだが、卒業してからも、女性にちやほやされ追いかけまわされるのが面白くなり、本国へ帰る気にならず、そのまま日本に留《とど》まることに決め、二年前わが社へ入社してきたのである。

「ラリ公ラリーの記事はもう出来たのか」

「今、やっています」金は茫然《ぼうぜん》とした目つきで私を眺め、そういった。

「おい」私は立ちあがり、金の目をのぞきこんだ。「お前また、マリファナをやったな」

金はかぶりを振った。「わたし、やらないよ」

「うそをつけ。目を見ればわかるぞ」

マリファナが合法化され、男たちはたいていマリ中になってしまっている。しかし私は編集部員に対しては、仕事中の喫マリを固く禁じていた。

「よし。そんなにいうならテストだ。故郷《ふるさと》の歌をうたってみろ」と、私は金に命じた。

金は背筋をしゃんとのばして歌いはじめた。「ラーリラン、ラーリラン、アーラーリーヨ」

「やっぱりラリってる」私は苦笑した。

「トーラーリ、トーラーリ」

「もういい」と、私はいった。「それでもマリファナをやってないというのか」

「マリファナやらない、LSDやった」

「なお悪い」私は叫んだ。「原稿を持ってこい。記事はおれが書く」

ラリっている人間に書かせたら、どんな記事ができるかわかったものではない。締切りは迫ってくるわ、穴はあくわという騒ぎの時に限ってこんなことになる——私は舌打ちしながら、金の持ってきたラリ公ラリーの報告書を読み返しはじめた。

ラリ公ラリーというのは富士《ふじ》―霧島《きりしま》間往復四〇〇〇キロの距離を、LSDを服用し続けながら車をすっとばすという競走だ。毎年このラリーでは、多数の死傷者が出る。もっとも、それが人気の原因なのだが。

「おい。死傷者の数が書いてないぞ」

「あ。しまった。わたし、それ聞いてくるの忘れた」

「駄目じゃないか」

私が叱ると、金はあわてて主催の自動車会社へ問いあわせの電話をかけはじめた。

まったく、なんて連中だろう――おれが編集責任者になるまで、こいつらはいったい、どんなことをしていたのか――。

実をいうと、イリュージョン誌は一年半ほど前までは数ある男性雑誌の中でいちばんよく売れている雑誌だった。ところが会社が、どう思ったのか編集をすべて二十代の社員にまかせてしまってから、急に売れ行きが落ちてしまったのである。おそらく会社としては、雑誌をさらに若返らせ、若い男性の読者にさらに強烈に訴えかけることができるだろうと期待したのだろうが、物ごとというものはなかなかそんなにうまくは行かないものである。若い編集長が、常連のライターだったダディ旗田や尾高敏三と喧嘩《けんか》し、彼らをお払い箱にしてしまったのである。彼らは怒って商売敵の男性週刊誌「シックス・ナイン」に執筆を始めた。シックス・ナイン誌が売れはじめ、イリュージョンは調子が落ちてきた。反対に調子が出てきたシックス・ナインは「がんばれイリュージョン」などという特集をやって冷やかした。躍起になったイリュージョンでは、苦しまぎれにセンセーショナルな記事を特集した。

そのひとつに「カッコいい男性は尻にタンポンを入れている」というのがあった。タンポンというのはいうまでもなく、女性の月経用品である。この記事を本気にした若いアホの男性が、ほんとにタンポンを肛門から下腹部へ押しこんで街をうろつき始めたものだから、数週間もたたぬうちにたちまち大変なことになった。女性の膣《ちつ》の頑強さに比べたら、男の直腸なんてまことに柔らかなもので、その証拠にキレ痔《じ》になった奴五万人、イボ痔になった奴九千人、脱腸八百人、その他便秘に腸炎腸閉塞《ちょうへいそく》、中には起立性無尿症などという新しい珍病にかかった奴もいて、ついに直腸癌の患者が出るに至り、ことは社会問題と化した。編集長は警視庁へ呼び出され、さんざ油を搾られた揚句二千万円の罰金をくった。ところがこの編集長何を勘ちがいしたのか、罰金と原稿料を混同し、経理に命じて源泉所得税一〇パーセントを差し引かせて罰金を送金し、かんかんに激怒した警視庁からまたまたこっぴどく怒られた。あまりのことにあきれはてた会社は彼をクビにし、それまで単行本の編集をやっていた私を編集長にしたのだ。

私は以前から、雑誌というものについては一家言を持っていた。マクルーハンによれば、昔の人間は線的に思考をしたが、テレビ時代の人間は点的に思考する。だから雑誌も、内容はできるだけ雑多でなければならない。ヌードがあり、ファッションがある一方、世界情勢あり社会問題あり、人生相談ありといった調子でなければならない。だから若い編集者がいたって一向に差支えはないのだが、全部がぜんぶ二十歳代では困るのである。線的思考をする気なら単行本を読めばいいのだし、一貫した思想など雑誌には無用のものである。もし強いて雑誌に思想を求めるなら、それは「浮世風呂《ぶろ》」精神だ。それは庶民的正義に裏打ちされたスキャンダル精神、ゴシップ精神だ。今の雑誌にもこれは必要だ。ところが今の雑誌には毒にも薬にもならない記事が多すぎる。誰かが誰かに恋してるとか、染色もできるヘア・ドライヤーができたとか、そんなものは私にいわせればスキャンダルやゴシップのうちに入らない。大新聞がくだらない良識の泥沼に埋没してしまった現在、浮世風呂精神は雑誌によってしか復活させることができないではないか。

編集長になったのが半年ばかり前。それ以来私は私の思うままに雑誌を作ってきた。イリュージョンはふたたび勢いをもり返し、シックス・ナイン等群小の男性雑誌をはるかに追い抜いて、発行部数ではふたたびトップに返り咲くことができたのである。

ラリ公ラリーの記事を二、三行書いた時、また電話が鳴った。階下の受付からだった。

「何だ」

「若いレディ連合の女たちが――」

「女たちとは何よ」黄色い罵声《ばせい》が響いた。「お嬢さまとおっしゃい」

「お嬢さんたちが、どうしてもそっちへ行くと」

「そこでくいとめろ。締切りが迫っているんだ。絶対にあげちゃいかん」

「しかし……や、やめなさい……く、苦しい……」

だいぶ痛めつけられているようで可哀想だったが、私は無慈悲に電話を切った。

福山が、三流社会評論家の榎本をつれて戻ってきた。

「これは榎本先生」私は立ちあがり、彼をソファに導いた。

「木島先生ンちからの帰りに、榎本先生とばったりお会いしたのでお連れしました」と、福山が説明した。「次号に穴があいたことをお話ししますと、それならその穴を埋めてやろうとおっしゃって」

「それはご親切に」内心うんざりしながらも、私は皮肉まじりにそう言い、榎本と向きあったソファに腰をおろした。

だから若い編集者はだめなんだ――私はそう思った――編集長である私の意向も聞かず、勝手にこういう人物をつれてくるのだから。しかし、つれてきた限りはそっ気ない応対もできない。

榎本は和服の着流し姿だった。もっとも彼は常に和服の着流しで、それは胡麻塩《ごましお》ザンバラ髪の彼によく似合っているのだが、見馴《みな》れてしまうと鼻についてくる。

「どうだね。わしの女性無用論を載せないか。わしが喋《しゃべ》ることを音声タイプにでもとって記事にしなさい」

「は。それではさっそく」私はサイド・テーブルの音声タイプのスイッチを入れた。

タイプにとらなくても、この男の喋ることは、私にはだいたいわかっていた。この男の知識といったら、マージャンと女性無用論だけなのである。マージャンといっても、特に新しい戦術があるわけではない。以前シックス・ナインでこの男にマージャン道場をやらせていたが、せいぜい紅中《ホンチュン》のことを紅衛兵といったり、三家和《サンチャオホウ》のことを三家村、嶺上開花《リンシャンカイホウ》のことを百花斉放、国士無双《クオシイウウシユワン》のことを百家争鳴といったりするユーモアしかない文章で、中身は旧態依然の必勝法だった。また女性無用論といったって、背骨に堂々たる哲学が一本通っているというものではなく、ただ「オナニーのすすめ」を馬鹿のひとつ憶《おぼ》えでくり返しているに過ぎない。

彼は自らをマスター・オブ・ベーションと称しているマッド・オナニストで、「オナニー四十八手」などという写真入りの本を出し、それはこの間発禁になってしまった。「オナニーさえしていれば、女はいらないよ」思ったとおり、彼はオナニーを奨励しはじめた。「女は裏切るが、手は裏切らないからね。だいいち女よりオナニーの方がずっといい。往年の碩学《せきがく》かのシーグムント・フロイト大先生も言っているように、コイトスはオナニーの貧弱なものにすぎない」

私はあくびを嚙《か》み殺しながら、何度も聞かされた話にあいづちをうち続け、腹の中で舌打ちし続けた。——最終締切りまでにあと一時間半しかないというのに、また、「イリュージョン・カスタム」の締切りがあと三日に迫っているというのに、何てことだ——。

席をはずして仕事を続けようかと考えはじめた時、あきれたことに、榎本がオナニーの実演をはじめた。和服の前を開いてラクダのパッチをまる出しにし、たいして大きくもない赤黒い海綿体をまろび出させて、片手でピストン運動をはじめたのである。

「ええ諸君。まずこれがスタンダードの方法であって」

私たちはあまりのことになかば腰を抜かしたようになったまま、ただぽかんと彼の講釈入りの実演を眺め続けた。仕事熱心な酒井が立体《キューブ》・写真《フォト》用カメラを持ってきて、この情景をぱちぱち撮影しはじめた。

徐々に潮が満ちてきた榎本は、すでに口をきく余裕もなく、次第しだいに手首の運動を早め、虫歯だらけの口を半開きにし、私に青臭い息を吐きかけはじめた。その眼差《まなざ》しはうつろになり、眼球は眼窩《がんか》の奥にやや後退した。やがて彼は、一瞬夢みるような目つきになり、こんなすばらしいことが世の中にあったのか、今までちっとも知らなかったとでも言いたげな表情をした。

途端に私の目の前がまっ白けになった。

毒液を私の眼鏡にぶちまけた榎本は、バンボーレと叫んでソファからころがり落ち、床でしたたか頭を打ってそのまま気絶してしまった。

また電話が鳴り出した。私は榎本の介抱を金にやらせ、福山にはラリ公ラリーの記事を書くように命じ、ハンカチで眼鏡を拭《ぬぐ》いながらデスクに戻り受話器をとった。

若い女の声だった。「もしもし。誰ですか」

近ごろの若い奴は電話のかけ方も知らん。

「誰ですかとは何だ」私は腹を立てて怒鳴りつけた。「まず自分の名を名乗れ。こちらはイリュージョンだ」

「ああ、編集長さん。ボク、大塚です」

女かと思ったら、男性ファッション・モデルの大塚という男だった。最近の若い男は、女のような甲高い声を出す。イントネーションもエロキューションも、まるきり女だ。

「あのう、昨日みち子といっしょにクラブへ行って」と、彼はいった。「お金がなくなりました。金、ください」

完全に白痴のせりふだ。

「みち子って誰だ」

「ボクの恋びとです」

「そんな女、おれが知ってるわけなかろう」

「青山学院の高校三年です。可愛らしい子です。趣味はギターと」

「そんなことはどうでもいい」私はあきれながら言った。「君、うちに貸しがあるのか」

大塚はしばらく黙ってからきき返した。「何ですか」

私は大声でくり返した。「モデル代で未払いの分はあるか」

「今までのモデル代は全部もらいました。だけど来週、また撮影があるんでしょ」

「つまり、前払いをしろというのか」

「そうですそうです。前払いです」

「おれのところじゃ、前払いはしない」私はそっ気なくいった。「君ならきっと、いいパトロンがいるだろう。誰かから借りたらどうだ」

「パトロン」

「つまり、うしろ立てだ」

「ああ、そのことですか。うしろ立てなら三人います。前立てはみち子ひとりですが」

何か勘違いをしているらしい。

「三人もいるなら、そのうちの誰かに金を貸してもらえ」

「三人とも貧乏です」

「じゃあ、パトロンじゃないじゃないか」

「編集長さん。今夜ボクんちへ来ませんか」

「いやだ。おれにはカマっ気はない。君は毎晩、男を部屋へつれこんで寝るのか」

「はい」

馬鹿正直な男だ。もっとも近頃は男性ファッション・モデルのそういったアルバイトは、なかば常識になってしまっている。

「じゃあ。いそがしいわけだな」

「おならをする暇もありません」

「馬鹿野郎」

そこへ奈村端枝が、バスタオル一枚の姿で病院から戻ってきた。

私はびっくりして彼女に尋ねた。「もう、いいのか」

「ちっとも、いいことはありません」電話のなかで大塚が悲鳴まじりに言った。「ほんとに金がなくて困ってるんです」

「ひっぱり出してる途中で、切れちゃったんです」端枝は私のデスクにやってきて、悲しそうにいった。

彼女にとっては不幸だが、こっちはその方がありがたい。

「じゃあ、すぐに撮影の続きにとりかかってくれ」

「はい。ねえ編集長、記事にしないでね」

「わかってる」私はうなずいた。「そんな記事は、私は絶対に書かないからね」

彼女は感謝の微笑を浮かべた。「今夜、お宅へ伺ってもいいわ」

私はあわてた。アパートでサナダムシを出されてはたまらない。「いや、それには及ばないよ」

「いいえ、行きます」と、大塚がいった。「ボクの方から編集長さんのお宅へ伺います。金ください。お宅はどこですか」

スタジオへ入っていった端枝と入れかわりに、カメラマンの酒井がとんで出てきた。

「へ、編集長」彼は唇を顫わせながら私のデスクに両手をついた。「やっぱりあの蛇女のヌード、撮らなきゃいけませんか」

「ヘビじゃないんだ。サナダ……」

「話を聞くと、またいつ出てくるかわからんというじゃないですか」彼はおろおろ声でいった。

「私はながいものを見ると腰が抜けるんです。いつ出るかいつ出るかと気にしていたんじゃ、とてもいい写真は撮れません。モデルを代えてください」

「わがままは許さん」と、私は叫んだ。「時間がない。もう締切りが迫ってるんだ。すぐ撮れ、今撮れ」

「バンボーレ」榎本が叫び、またソファからころげ落ちた。

私はびっくりして立ちあがった。「まだやってるのか」

金がやってきて言った。「さっき終ってから、タオルで拭《ふ》いているうちに、まただんだんよくなってきて、そのまま続けてやり出しました」

なるほどマッド・オナニストだ――と、私は思った。

金は尋ねた。「どうしますか。あの人のこと、記事にしますか」

私は吐き捨てるようにいった。「記事になんか、できるものか」

「じゃあ、穴埋めをどうします」

「それを今、考えているんだ」

「金、ください」と大塚がいった。

福山の机の上の電話が鳴った。受話器をとりあげて聞いていた福山は、やがてあわてた顔をこちらに向けて言った。「大変です編集長。若いレディ連合の女たちがついに受付を突破して階段の方へ」

「君、廊下でくいとめろ」私は蒼《あお》くなった。「入って来られてたまるものか」

福山は廊下へすっとんで行った。

「あの人はあのままにしておけ」榎本の方を顎《あご》で指し、私は金にいった。「君は没にした記事の中から、何か使えそうなものを捜してくれ」

「はい」

編集室のガラスドアを押しあけ、ついに女たちが目を吊《つ》りあげて乱入してきた。流行の服は着ているものの、いずれ劣らずお世辞にも美人とはいえない若い娘たちだ。般若《はんにゃ》と青鬼、それに馬、猿と豚と河童《かっぱ》――まるで西遊記である。般若がリーダー格らしい。

「編集長ですね。この記事はいったい何ですか」彼女たちは私のデスクをとり囲み、先号のイリュージョンを机の上に叩《たた》きつけた。

この号では「結婚した男性はこんなにみじめだ」という特集をやった。

「この記事が、どうかしましたか」

彼女たちはたちまちヒステリックになり、口ぐちにわめき出した。

「まあ図々《ずうずう》しい。とぼけて」

「若い女性が不幸になるのは、みんな男性雑誌のせいです」

「取り消してください」

「謝罪なさい」

私はかぶりを振った。「事実を報道しただけです。取り消せません」

「何が事実なもんですか。でっちあげばっかり。ねえ」彼女たちはうなずきあった。

「このひと、自分が女の子にもてないもんだから、ひがんでこんなこと書くのよ」と、豚がいった。

「そうよ。そうにきまってるわ」

「いそがしいんだ。帰ってください」と、私はいった。「締切りが迫ってるんでね」

「そんなこと、わたしたちの知ったことじゃないわ」馬が薄笑いを浮かべて、私の顔をじろじろ見ながらそういった。

「帰れ」私は机を叩いて立ちあがった。

「ああら。怒ったわこのひと」と、青鬼がいった。

「もうこんな記事は載せませんと、あなたが誓うまでは帰らないわ」般若が決然としてそういった。黒い鼻の穴がまる見えになった。「さもなければ、この会社に圧力を加えます」

「加えたらいいでしょう」と、私はいった。「不買運動を起したって、残念ながらわが社のお得意はぜんぶ男性です」

「主婦連と協力して、悪書追放運動を起します」

「面白い。望むところだ。こっちはあくまで書きまくります」

「女性の敵だわ」

「畜生。けだもの」

彼女たちは激昂《げきこう》して口ぐちに私を罵《ののし》りはじめた。きっと一流会社に勤めているOL——つまりオールド・レディ達なのだろうが、言うことは町の女よりひどい。

福山がひどい恰好《かっこう》で廊下から戻ってきた。ネクタイはちぎれ、ワイシャツはぼろぼろ、手には壊れた眼鏡を持っている。彼は泣きながらやってきて女たちに叫んだ。

「なんてことするんだ君たちは。この眼鏡は高いんだぞ。イワモトの眼鏡だ。どうしてくれる」

「ああら、わたしと結婚してくれたら、新しいの買ったげるわ」と、河童がいった。

女たちはわっと笑った。

「バンボーレ」と、榎本が叫び、ソファからころげ落ちた。

「金、ください」と、大塚がいった。

しめた。この女たちのことを記事にしてやろう——私はそう思いついた——その為には彼女たちを、もっと怒らせなければならない。穴埋めのためには、やむを得なかった。

私はまず青鬼の顔に指をつきつけて、怪獣の咆哮《ほうこう》を真似て見せた。それから馬を指してひひーんと嘶《いなな》いた。彼女たちはたちまち、この世のものとも思えぬ兇悪《きょうあく》な表情で私に襲いかかってきた。

「ひゃあっ」スタジオからとび出した酒井が、私の方へ駆けつけてきた。「へ、編集長。ま、また出ました」

わっと泣き出しながら、肛門からサナダムシを出して奈村端枝が駆け出てきた。彼女は部屋のまん中で立ちどまり、急に泣きやんでしばらく佇《たたず》み、やがてスタジオにとって返すと、今度はバスタオルを纏《まと》って走り出てきて、廊下へとび出していった。病院へ行くつもりらしい。

「殺してやる。殺してやる」娘たちはよってたかって私を机に押えつけ、首をぎゅうぎゅう締めあげた。

「酒井君。これを撮影しろ。記事にするんだ」と、私は叫んだ。

「殺してやるわ」

「さあ、殺せ」と、私はわめき返した。

「バンボーレ」榎本がソファから落ちた。

「金、ください。金、ください」

私は叫び続けた。首を締められながら女たちに「さあ殺せさあ殺せ」、カメラを持ってやってきた酒井に「さあ撮れさあ撮れ」

月へ飛ぶ思い

最終テストは終った。

宇宙船を整備員に明け渡して地上へおり立つと、宇宙科学協会の巨大なビルに戻り、おれは、他の搭乗員十二名とともに、最後の身体検査を受けた。

「健康状態は優秀です」と、医者はおれにそういった。

殺菌室を出てから、おれたち十三人は協会長室に呼び集められた。

「いよいよ明日の朝十時、君たち十三人は、日本人として初めて月へ出発するのだ」老齢の、日本宇宙科学協会長は、眼をしょぼつかせながら、おれたちの顔を眺めまわして喋《しゃべ》り出した。

また、長ったらしい訓示か——おれが、早やげっそりしかけた途端、協会長のいかめしい顔は、がらりと一変して笑いにくずれた。

「何も言わんよ。これから十五時間の外出を許可します」

ええっ、本当か——搭乗員たちの、おどろきに満ちた喜びが、一瞬部屋いっぱいにあふれ出た。もちろん、声を出してはしゃぐような、そんな軽薄な者はひとりもいない。十三人いずれも、若手の天才宇宙科学者としての誇りを崩さず、ただ、わずかな身じろぎを見せただけである。

外出を意外に感じない者は、ひとりもいない筈《はず》だった。猛訓練に次ぐ猛訓練、その上精密な健康管理と、神経質すぎるほどの衛生状態に関する干渉。外界とは完全に遮断された環境での、きびしいテストだったのである。今、外出なんかしたら、無菌状態にコントロールされた会員の肉体の調子が、たちまちもとに戻ってしまって、せっかくの三か月間のトレーニングの成果が、もとの木阿弥《もくあみ》になってしまうのではないか——そんな危惧《きぐ》の念を感じたのは、おれだけではない筈だった。われわれはみんな、すでに家族とは充分別れを惜しんできたし、もう会えない覚悟で、この協会のビルに入ったのである。

「諸君が不思議そうな顔をするのも、もっともだ」と、協会長は笑いながら言った。「だが、ここではただ、われわれは諸君の健康管理だけではなく、精神衛生の面にも気を遣ったのだとだけ申しあげておこう。そういう意味での休暇であるから、諸君は家に戻り、思いきり羽根をのばしてきてよろしい。ただし精神的にだよ。これだけはくれぐれも言っておくが、決して規則外のものを食べたり、不潔な場所へ行ったり、過度の飲酒喫煙は慎んでもらわなけりゃならん」

禁止事項の訓示がしばらく続き、定刻に戻ることをくれぐれも言い含められてから、おれたちは解放された。おれ以外の十二人は、いずれも浮きうきとした足どりで協会を出、それぞれの家の方角へ散って行った。

だが、おれだけは憂鬱《ゆううつ》だった。

帰る家がないわけではない。アパートの３ＤＫがおれの家なのだが、そこへ戻ったところで誰もいないし、することもない。女房とは離婚してしまった。

おれが日本第一回月面探検隊の一員に加えられることが内定した時、女房はおれにいった。

「おことわりして頂戴《ちょうだい》。あなた、あなたはもう独身じゃないのよ。新聞で読んだところじゃ、成功率は七〇パーセントだって言うじゃないの。あなたが死んだら、わたしはどうなるの。無責任だわ。自分が有名になることばかり考えないで、わたしの幸福のことも考えて頂戴」

近ごろの女は亭主の成功と幸福が、すなわち自分の成功と幸福なのだと考えるような、殊勝な気持をぜんぜん持ちあわせてはいないらしい。夫婦だろうと恋人だろうと、あなたはあなた、わたしはわたしである。それを進歩的だ男女同権だと思っている。その上悪いことにおれの女房は、並ならぬ権力欲の持ち主だったから、亭主のおれだけが有名になって自分が取り残されることに我慢できなかったのだろう。一種の嫉妬《しっと》だ。

「それじゃあお前は」と、おれはいった。「まだ宇宙科学がもてはやされていなかった以前のように、おれが薄給で研究だけに打ちこんでいた頃の方がよかったというのか」

「そうよ。あの頃の方が、ずっと幸福だったわ」

女房は実家が金持ちだったから、今まで金の苦労などしたことがなかった。だからそう言うのも無理はない。だが、おれは男だ。いつまでも女房の持参金に頼ってもおれないし、だいいちおれだって世間をあっと言わせたい野心は十二分にあるのだ。

「おれは男だ」おれは女房にそう言った。「おれは自分の思った通りやる。月面探検は、どうせ誰かがやらなきゃならぬ。誰もやらなきゃおれがやる。若い時ゃ二度ない。月へも行きたい。これはおれの仕事だ。男の仕事に女が口を出すことは許さん」

「独裁者。それは男のわがままよ」女房はヒステリックな声をあげた。

「うるさい。おれのやることが気に喰《く》わなきゃ、この家から出てけ出てけ」

「おっしゃったわねあなた」女房は眼をつりあげてわめき始めた。

「今までまともな生活を送って来られたのも、わたしが持ってきたお金のためじゃないの。その恩を忘れて、何よえらそうに。ええ、出て行きますとも。二度と帰ってなんかくるもんですか。あんたなんか。勝手に月へ行って凍えて死んじまえばいいんだわ」

彼女はそう毒づいて、ぷいと家をとび出してしまった。言った通り、ほんとに二度と戻ってこなかった。それ以来、おれはひとりで生活している。

さて、どこへ行ったものか――協会のビルの玄関さきで、おれは立ったまましばらく考えた。親戚《しんせき》はないし、実家は山の中だ。行く途中だけで外出時間をオーバーしてしまう。淋しい人間の常として、おれの足はしぜんと都心の繁華街に向かった。そこには行きつけのバーが二、三軒ある。過度の飲酒は禁じられているが、おれは酒には強い方だし、この際、酒以外に何があるか——おれは胸の中でそう呟《つぶや》いた。

タクシーで都心へ出ると、すでに日は暮れ、新聞社の壁面の電光ニュースが「いよいよ明日、日本第一回月面探検隊出発」という字を流していた。

バー・キャスルのデコラ貼りドアをあけて中に入ると、いっせいにホステスたちの歓声があがった。「ああら、すごい人がやってきたわ」

たちまちおれは、数人のホステスに取り囲まれてしまった。

「ねえねえツーさん。あなた明日出発なんでしょう」

「そうさ」おれは両側の女の肩を抱きよせて叫んだ。「今日はお別れにきた。さあ、どんちゃん騒ぎだパーティだ」

「ばんざあい」

「ああ、ツーさん。この間テレビに出てらしたでしょう。拝見したわ」

「婦人雑誌にも出てたわ。奥さんと離婚しちゃったんですって。悪い奥さんね」

「隊員で、ただひとりの独身者なのね」

たいへんな人気である。来てよかった——おれはそう思った。他の客は、女をおれに独占されたため不機嫌になり、遠くからおれの方を睨《にら》みつけていた。なあに構うものか——おれはカクテルをどんどん持って来させ、女たちに振舞い、自分も飲んだ。

「月か。ふん。あんなところへ行ったって、何にもねえんだよ、なあ」

「ちえっ。いい気になってやがる。まあ、どうせロケットが故障して墜落しちまうんだから、あと僅《わず》かの命さ。好きにさせといてやるさ」

他の客の、聞こえよがしの毒舌が耳に入ったが、おれは気にしなかった。あれは女にモテない奴の僻《ひが》みだ——そう思った。

いい気分で女たちとふざけていると、やがてマダムが挨拶《あいさつ》にやってきた。

「まあ。あんたたちは何」マダムはホステスたちを叱りつけた。「ツーさんばかり取りまいて、他のお客さんをほっといて」

女たちはぶつぶつ言いながら、二、三人を残し、それぞれの馴染《なじみ》客のボックスへ散っていった。

「ツーさん」マダムは馬鹿ていねいにお辞儀をした。「このたびは、おめでとうございます」

「まあ、一杯いこう」

おれの注いでやったビールをぐっと飲み乾《ほ》してから、マダムはおずおずと懐中から紙切れを出した。「ねえツーさん。申しわけないんですけど、今までの分、これだけになりますのよ」この店にはツケが五、六回分溜《たま》っているのだ。

おれは顔をしかめた。「よせよ今は。気分がこわれるよ」

「でも……」

おれはしぶしぶ勘定書を受け取って眺めた。おどろいたことにおれの想像していた金額よりもひと桁《けた》多かった。以前はこんなに高くはなかった筈だ。おれは眼を丸くした。おれが有名になってのぼせているのをいいことに、金額まで十倍がたはねあげたのだ、きっとそうだ、いや、そうに違いない。

なんだこれはと叫ぼうとして、おれはぐっと声を押し殺した。今わめき散らしては、せっかくのいい気分が無茶苦茶になる。これは有名税なのだ、しかたあるまい——おれは自分にそう思いこませようとしながら、ゆっくりとマダムにいった。「今日は持ちあわせがない。次にしてくれないか」

「あら。だって」マダムはさすがにもじもじしながら、上眼づかいにおれの表情をうかがった。「明日からは月へご出発なんでしょう。ですから……」

「だからどうだっていうんだ」と、おれは訊《たず》ね返した。「月へ行くったって、逃げ出して戻ってこないわけじゃないよ」

「でも、あそこは危険なんでしょう」

「なんだって」おれはあきれて、マダムの顔を凝視した。「じゃおれが死ぬとでもいうのか。おれがもう帰ってこないとでもいうのか」

おれのはげしい口調に、やや恐れをなしたのか、マダムはあわててかぶりを振った。

「ううん。そうとまでは言わないけど……」

「縁起の悪いことを言うな」おれはかっとして立ちあがり、マダムを怒鳴りつけた。「ひとが気持よく飲んでるのに、金を払ってから死ねとは何ごとだ」

「そんなこと何も、言ってないじゃないの」

「うるせえなあ。おい、そいつを黙らせろよ」聞き耳を立てていた近所の客が、ここぞとばかりに怒鳴り始めた。「やかましい。静かにしろ酔っぱらいのロケット屋め」

「気分をこわした」おれはかんかんに怒って、バーをとび出した。

「あらっ、ちょっと待ってよ。ツーさん」

マダムが後を追って走り出てきたが、おれは知らぬ振りをして通りを折れ、裏通りに入った。こうなったら、やけくそで飲んでやるぞ——おれはもう一軒の、馴染みのバーへ行くことにした。

「シャドウ」という金抜文字を貼った、暗いガラス戸を押しあけて、店内に入ると、客はひとりもいなかった。この店の方は、ぐっと不景気らしい。カウンターに向かって腰をおろすと、おれの方をちらちらとうかがいながら、隅でこそこそ話しあっていた三、四人のホステスの中から、ひとりが立ちあがってこっちへやってきた。

「ツーさん。久し振りね」

「やあ。恒美《つねみ》か」この女とは、女房と別れたあとでいちど寝たことがある。「どうした。元気がないな」

「ねえ、ツーさん、わたし……」彼女はしばらくもじもじしてから、おれにそっと耳打ちした。「赤ちゃんができちゃったらしいの」

「なんだって」おれは一瞬ぎょっとしたが、さいわい、すぐに笑い出すことができた。

「それはおめでとう。で、相手はどんな男性」

「いやね。あなたの子よ。どうしましょう」

「まさか」おれはもういちど笑おうとした。だが今度は違う穴に酒が入ってむせ返った。

「まあ。とぼけるつもりなのね」恒美は暗い眼つきで、恨めしげにおれを見た。「有名になったもんだから、わたしを捨てるのね」

「おいおい。捨てるの拾うのって、そんな関係じゃなかった筈だぜ。おれたちは」実際、あの時には何の約束もしなかった。「今さらそんなこと言うなよ」

「ツーさん、卑怯《ひきょう》よ」部屋の隅にいた他のホステスたちが、見るに見かねたという様子でやってきて、おれの周囲をぐるりととり巻いた。女という奴はすぐ徒党を組むから困る。きっと今まで、恒美から打ちあけ話を聞かされていたに違いない。恒美がどんな具合におれのことを悪く言ったか知らないが、きっとみんな、その話を鵜《う》呑《の》みにしているのだ。彼女たちの眼は、おれに象徴される『男』への憎悪に燃えていた。「さあ。恒美ちゃんをいったい、どうしてあげるつもりなのよ」

「恒美ちゃん、毎日泣いてるのよ」

恒美はここぞとばかりにめそめそ泣き始めた。おれはげっそりした。

「おい。第三者がそんなことに口を出すなよ。だいいちおれは客だぜ。今そんな話はやめろ。おれは明日から探検に行くんだ」

「ええ、ええ。ようく存じあげておりますとも。テレビや新聞で、ようく拝見しましたからね。有名になられましたこと」いや味たっぷりに、いちばん年嵩《としかさ》の女がそういった。「でも、それは関係ないでしょ。どこへ行かれるにしろ、この世の清算だけはして行ってくださいね。ねえ、みんな、そうね」

「この世だと」おれは怒って叫んだ。「おれが死、死、死ぬとでもいうのか」

「絶対に死なないなんて、絶対言えないわよねえ」彼女たちは互いに頷《うなず》きあった。「大きな声さえ出せば、ごまかせると思ってさ」

「そうよ、何さ。奥さんに逃げられた癖に」

「そんなこと関係ないじゃないか」おれはわめきちらした。「だまれだまれ。おれは月へ行く。明日行く。誰にも邪魔はさせない」

「やあ、ここにいましたか」バーに入ってきたのは、この近所に店を出している洋服屋の親爺《おやじ》だった。「捜しまわっていたんですぜ。さあ。その洋服代、払ってくださいよ」

おれは苦り切って答えた。「今日はあいにく、金を持って来なかったんだがなあ。探検から帰ってからにしてくれないか」

「そいつは困りますねえ」親爺はねちっこい調子で言った。「どうしても、今日いただかにゃあ、ならねえんです」

「どうして今日なんだい」と、おれはいった。「知ってるだろうが、おれは明日から月面へ行くんだ。帰ってくれれば、テレビに出たり何やかやで、金はたくさん入る。その時に必ず払うよ。今夜はいっしょに祝ってくれ」

「旦那《だんな》、あっしゃ無学だから、旦那がどこへ行かれようが知ったこっちゃねえんで」親爺は開き直った。「ただね、旦那がその月面とやらで死んじまった日にゃ、あっしはもとも子もねえ。さあ、有名になったからってそんなに勿体《もったい》ぶらず、あっさり払って下さいよ」

「これだから日本人はいやなんだ」たまりかねて、おれは怒鳴った。

「自分だって日本人の癖に」と、ホステスのひとりが吐き捨てるようにいった。

「もういやだ」おれは立ちあがった。「おれは帰る」バーをとび出した。

「あっ。待って。ツーさん」

「泥棒。飲み逃げ」

誰かが追ってきたようだったが、おれはめくら滅法駆け続けた。通行人を、二、三人はねとばした。

しばらく走り続け、やがて立ち止ってあたりを見まわすと、そこは薄汚い路地だった。道端に、おでん屋が屋台を出していた。

頭が火照《ほて》り、胸が煮えくり返っていた。何が清潔だ、なにが規則外の食べものだ――おれはその屋台に首をつっこみ、おでんをむさぼり食い、焼酎《しょうちゅう》をがぶ飲みした。

コップで七、八杯飲んだところまでは憶《おぼ》えている。あとの記憶は断片的だ。

屋台で知りあった中年のルンペンといっしょに、肩を組んで夜の裏街をさまよった。

夜空には月が出ていた。星も出ていた。ルンペンが月を指して、何かわめいたことも、おぼろげに記憶している。

「月ロケットがどうのこうのというが、ちえっ、日本なんて、まだまだロケットをとばすほどの国じゃねえよ。大それたことしやがって。何億かかったか知らねえが、ロケットなんかを作るような金があるんなら、どうしてわれわれ失業者に寄越さねえんだ。よう。そうだろ兄ちゃん」

「そうだそうだ」あいづちを打ちながらおれは、酔った頭の片隅で、そうか、これが大多数の日本の大衆の意見なんだな——と、なさけなく思っていた。あるいはおれは、ルンペンに抱きついて、わあわあ泣きわめいたかもしれない。

眼が醒《さ》めると、そこは埃《ほこり》っぽい地下道だった。おれは壁が一部窪《くぼ》んだ場所に、新聞紙をかぶって寝ていた。傍には昨夜のルンペンが、拾ってきたらしい新聞を読んでいた。

「今、何時だ」と、おれは訊ねた。

「六時ごろかな」と、ルンペンが答えた。

「朝の六時か」

「馬鹿いえ。夕方の六時だ。お前はひどく酔っぱらって、一日中大いびきで寝ていたじゃないか」彼は新聞をおれにさし出した。「ほらよ。今朝がた日本人が月へ出発したとよ」

ところで、おれは、やっぱり日本人なのかなあ——そんなことを思いながら、おれはしみだらけの新聞をひろげた。

活性アポロイド

親父は毒薬の研究家で、おれの名前は毒島薬夫《ぶすじまらりお》というキチガイみたいな名前だ。嘘だと思うだろうが本当なのだからしかたがない。おれが生まれた時、他にめったにない名前をというので、親父がそう命名したのである。こっちはいい迷惑だ。

まあ、名前のことはともかく、さっきもいったように、おれの親父は学者で、毒物学では日本有数の権威者である。ところが、あまり研究に熱中したために、毒の瘴気《しょうき》を吸い込んで、ひどい神経痛になってしまった。右手が動かせなくなってしまったのだ。

医者にかかったり薬をのんだりして、やっともと通りになったものの、それでも時どきは再発する。どうやら慢性の持病になってしまったようだ。

だが、さすがに化学者だ。神経痛の治療法の研究をはじめた。

ある日、親父が研究室からおれを呼んだ。

「薬夫。ちょっときてくれ」

「はい。なんですか」おれは塩素の匂いのする研究室へ入っていった。

フラスコ、試験管、薬瓶、バーナーなどが中央の大机の上に、雑然とおかれている。

「神経痛治療用の器具を作ろうと思う」と、親父はおれにいった。「ところが昨夜から、また右手の指が痛み出して動かない。手伝ってくれ」

「どうしたらいいんですか」

「これは、わしの作ったものだが」と、親父は一本の試験管の中の薄いピンクの液体をおれに見せた。「ある種の毒薬なのだが、神経痛にだけはききめがある。この液を、プラスチック・ボールの中へ浸み込ませる」

「そのプラスチック・ボールをどうするのです」

「始終手の中で揉《も》んだりさすったりしているうちに、神経痛が治ってしまう」

なるほど、そういえば、神経痛の人がクルミをふたつ手にもってカリカリ音を立てて鳴らしているのを見たことがある。指さきの運動は神経痛の治療になるらしい。

「お前は、そこにある合成樹脂原料の中へこの薬を混ぜて、加熱成型してくれ」

「やってみます」

プラスチック成型なら、化学の時間に実験をやったことがある。おれはさっそく親父のいうとおり、プラスチック・ボールを三個ばかり作ってみた。透明で、薄いピンクがかった、野球のボールほどの大きさのものができた。

「できましたよ」

「ありがとう。もういいぞ」

「このボール、ひとつくれませんか」

「何にするんだね」

「ぼくも神経痛なんです」

「うそつきなさい。高校生のくせに神経痛になってどうする」

「ほんとです。受験勉強のやりすぎで、鉛筆を持つ指さきがいたくてたまりません」

「それは神経痛ではないな。まあいい。ほしければひとつもっていけ」

おれはボールをひとつ貰《もら》って、自分の部屋にもどった。

手の中に握りしめてみると、ひんやりとして、なかなか感触がいい。力をこめて握ると小さくキュッという音がして、軽く形をかえる。力を抜くともとの形になる。キュッ、キュッと、何度もくり返して握ったり力を抜いたりしているうちに、ボールはだんだん熱を持ってきて、色も薄いピンクから、次第に濃いピンクに変化してくる。なんとなくエロチックな感じだ。

さらに揉みつづけていると、表面が熱くなってきて、色も赤に近くなってきた。こっちも興奮してきて、さらになでたり、さすったりを続けた。だんだんいい気持になってきておれの頭の中には、ピンクのもやがかかってきた。

ふと気がつくと、畳の上にぶっ倒れて寝ていた。一時的に失神したらしい。

「おかしなボールだなあ」

おれはつくづくと、机の上のプラスチック・ボールを眺めた。

面白いので、次の日は学校に持っていった。

休憩時間、掌中でキュッ、キュッとやっていると、ガール・フレンドの亜紀子がやってきて、けげんそうに訊《たず》ねた。

「何してるの。それは何」

「神経痛の治療さ」

「まあいやねえ。若いのに神経痛」

そういいながらおれの動作をじっと見ているうちに、自分でもやってみたくなったらしい。ちょっと貸してよといって、おれの手からボールをひったくり、キュッ、キュッとやりはじめた。おれは彼女がどういう反応を示すかと思って興味深くその動作を観察した。

ボールは次第にピンクが濃くなってきた。

亜紀子の色白の頬がピンクにほてってきた。眼がうるんできて、息づかいが乱れてきた。

キュッ。キュッ。キュッ。

彼女の手の動作はだんだん早くなり、ボールは赤くなった。

彼女の四肢が、がくがくと痙攣《けいれん》した。

「ああ……あ」

亜紀子はひと声呻《うめ》いて、そのまま教室の床に倒れてしまった。

「ど、どうしたっ」

「なんだ何だ」

級友たちが、びっくりして彼女のまわりに駆け寄ってきた。おれはあわてて、彼女を抱き起すふりをしてボールを拾いあげ、ポケットにかくした。

亜紀子は完全に気を失っていた。

「貧血らしいな」

おれは級友たちといっしょに、軽い亜紀子のからだを抱きあげて、医務室へはこんだ。

「これは貧血じゃないぞ」

医務の先生は亜紀子を診察してから、じろりとおれを見ていった。「おい、君はこの子に何をした」

おれはびっくりした。「何もしません」

先生はなおもうたがわしそうな眼つきでおれをにらみ、ふんと鼻を鳴らしてから、亜紀子に注射をした。カンフルらしい。

亜紀子はすぐに気がついた。「あら。わたし、どうしたの」

「失神したんだよ。ぼくと話していて突然」と、おれはいった。

さいわい、亜紀子はあのボールのことを、ひとことも喋《しゃべ》らないでくれた。おれはほっとした。

だが、その日の放課後、帰ろうとしているおれのそばへ亜紀子がやってきて、そっとささやいた。

「ねえ、薬《らり》ちゃん」

「なんだい」

「あの、おかしなボールのことだけど」彼女は、ちょっともじもじした。「あれどこで買ったの」

「買ったんじゃない。おれが作ったんだ」

「まあ。あなたが」亜紀子はおどろいた様子で、眼を丸くしておれを見つめた。

「そうさ」おれは少々いい気持だった。

「ねえ。もうひとつ、わたしの分も作ってもらえないかしら」

「そうだなあ」おれはわざと、もったいぶって見せた。「むずかしいんだよ、そんな簡単に作れるようなもんじゃないんだよ」

「あら」亜紀子はあわてて言った。「もちろん、お礼はするわよ」

「ほう。お礼ってなんだい」おれは横眼でじろりと彼女を見て訊ねた。

「それは……」彼女はうつむいた。困った様子で、可愛く頬を染めている。

おれは笑った。「いいんだよ。そんな水くさいこと言うもんか。君とぼくの仲だもの。もうひとつ、作ってやるよ」

「ありがとう」彼女の眼が輝いた。にっこり笑って、おれを見あげた。

おれの胸は高なった。

惚《ほ》れた弱みである。おれはその日、親父の留守中にそっと実験室にしのびこんだ。

昨日おれの作ったボールは、二つとも親父が持って出たらしく、実験室にはなかった。特許申請にでも持って行ったのだろう。

さいわい、試験管の中には、まだあの毒液がたっぷり残っていた。合成樹脂原料もある。おれはさっそく、昨日と同じ要領で、プラスチック・ボールを五つばかり作った。毒液はほんの少し量が減ったが、親父はわりとルーズだから、気がつかない筈《はず》だ。

四つはおれの部屋の、鍵《かぎ》のかかる机のひき出しにかくし、ひとつを翌日、学校へ持っていって亜紀子にやった。亜紀子ははずかしそうにおれからボールを受けとった。禁断の木の実を食べたアダムとイブのように、おれと亜紀子には共通の秘密ができた。あの快感は他の何ものにもかえがたいようなところがあった。亜紀子があれほどボールをほしがったのも、無理はなかったのである。

あのボールを握って失神するのが、一日に二度だったのが、次の日は三度になり、その次の日は四度になった。習慣性があるらしい。なるべく自制するようにし、おれは一日四度以上は、やらないようにした。もちろん人前ではやらない。自分の部屋で、ひとりの時こっそりやるのだ。

亜紀子もおれと同様、しばしば隠れてやっているようだった。ある時、おれは亜紀子とふたりきりの時、彼女の部屋でいっしょに楽しんだ。この方が、ずっと興奮した。おれたちはこのボールに、活性アポロイドと名前をつけ、しばしば二人だけで「アポロイド・パーティ」をやることにした。

おかしなことに、アポロイドを楽しみ始めてから、おれには女性に対する関心がなくなってしまった。亜紀子も同様、男性に無関心になってきたようだった。おれと彼女の間も、以前の初恋のようなものでなくなり、ただ同じ秘密を持つ者同士の親密さといった関係に変ってきた。

だが、秘密というものはいつかはバレるものである。

ある日、級友の毛沢という奴がおれに話しかけてきた。この男の名前は東といって、続けて書けば毛沢東《もうたくとう》だ。そういえば顔もにている。もちろん頭は禿《は》げていない。

「おい。薬公《らり》。お前、いいもの持っているそうじゃないか」

「いいものって何だ」と、おれはとぼけた。

「とぼけるなよ。亜紀子に借りて、おれ、やったことあるんだ。一回百円でよ」

おれはあっと驚いた。亜紀子が小づかいかせぎに、一回百円で他人に貸していたとはちっともしらなかったのである。

「それで、どうしろというんだ」

「お前が作ったと聞いたんだ。どうだい。千円出すからおれにも作ってくれよ」

机の中にはまだ四個ある。ちょうど金に困っていたので、おれは毛沢東にボールをひとつだけ、千円で売ってやった。

これがまた他に洩《も》れてしまい、級友が次から次と、亜紀子や毛沢を通じて頼みにくるようになった。ボールを全部売ってしまっても注文はひっきりなしだ。

「ねえ。大量生産したらどうかしら」と、ある日亜紀子がおれに悪知恵をつけた。「もうかるわよ」

「犯罪にならないかなあ」

「売った人達に口どめすればいいわ。あなたが作ってるっていうことは、わたしと毛沢東しか知らないのだから、第三者に売らせて、さらにルートをのばす方法もあるし」まるっきり麻薬密売業者の口調だ。亜紀子がこんな非行少女的素質を持っているとは知らなかったので、おれはたまげた。

彼女にたきつけられたおれは、しかたなくまたもや親父の研究室にしのびこんだ。あの、ピンクの毒の入った試験管は、すでになくなっていた。そのかわり、特許申請用の化学方程式を書類の中から見つけ出すことができた。親父が化学者だから簡単な化学方程式ならおれにもわかる。

方程式はやさしく、薬を作るのは簡単だった。市販の薬を三種類買ってきて、ある毒物の少量を混ぜ、調合すればいいのである。早速薬と、合成樹脂原料を大量に仕入れてきておれはアポロイドを百個足らず作った。毒薬だけは日本薬局方では売ってくれないから、親父の薬戸棚から盗み出した。少量しか使わないから、ルーズな親父にはわからないはずだ。

　販売の方は亜紀子と、毛沢のふたりがひきうけてくれた。おれはふたりに、一個千円でおろした。ふたりはそれを、自分たちの作った組織を通して一個千二百円でうりさばきはじめた。

「秘密は守れるのか」とおれは彼らに訊ねた。「おれが作ったことは、絶対バレないだろうな」

「完ぺきな組織を作ったから、安全さ」毛沢は自信ありげに、そういった。

　原料費をさし引いても、おれの手には相当巨額の金が残った。もちろん、高校生の持つ金としてはである。しかも、作った百個はたちまち出つくし、おれは次から次と製造をしなければならなかった。自分の部屋の押し入れを改造し、原料置場と製品倉庫を作った。

「活性アポロイド」は、たちまちおれの高校に拡がり、となりの高校や大学にまで拡がった。教室で休憩時間中にキュッ、キュッとやり出す者も出てきた。相当重症の中毒者らしい。

　一か月たち、二か月たつうちに、アポロイドはすごいスピードで蔓延《まんえん》し、サラリーマンや家庭の主婦にまで拡がった。町中の喫茶店でも、あのキュッ、キュッという音が聞かれるようになった。通勤の電車の中でやって失神するオフィス・レディも出た。

　早耳のマス・コミがアポロイドのことを知り、おれたちの町へテレビ・カメラをかついでのり込んできた。アポロイド・パーティをやっていた高校生グループが発見され、不純異性交遊で検挙されてから、アポロイドは急に社会問題化した。

　薬品戸棚の毒物が残り少なくなってきたので、おれはアポロイド液の混入度を徐々に少なくし、時にはプレーン・ボールなども作って売った。それでも注文はひっきりなしだった。おれのアポロイド製造数は軽く万を突破した。おれの貯金は数千万に達した。

　その金で、おれは海岸に別荘を買った。休みには亜紀子たちと、そこでアポロイド・パーティを開いたり、海で泳いだり、おれが金を出して結成した高校生のグループ・サウンズを呼んでゴー・ゴー大会を開いたりした。おれがそんなことをしているなどとは、親父はつゆ知らず、ボールの特許許可がおりるのを首をながくして待っていた。アポロイドが社会問題になっていることも知らないらしい。学者というものは世間情勢にうといものである。

　アポロイドの成分を分析して、同じものを作りはじめた会社も二、三出てきた。たちまち「活性アポロイド」は日本全国に拡まった。学校でも職場でも、家庭でも、アポロイドは使用され、時と場所を問わず、あのキュッ、キュッという音が聞かれるようになった。

　学生の学力低下、職場での生産の低下が、はっきりと統計の数字の上にあらわれはじめ、ついには出生率までがぐんと落ちはじめたので、政府があわて出した。そして「アポロイド禁止法案」が議会で可決された。

学生グループのアポロイド・パーティにはくり返し警察の手入れがあり、何人もが検挙された。だが効果はあまりなかった。楽しむ気なら、なにもパーティを開かなくたって自分ひとりでできるのだ。アポロイドはあいかわらず密売されていた。

おれは別荘でのパーティをやめることにした。ヤバくなってきたので、アポロイドの製造も中止した。売りさばいた連中には、固く口どめした。彼らにしても、他のものでは味わえぬあの快楽を失いたくないだろうから、たとえ検挙されても口は割らないだろう。口を割ったらグループの私刑《リンチ》が待ちうけている。

おれはまだ売りさばいていない数百個のアポロイドを回収し、部屋の押し入れにかくした。あの毒薬がとうとうなくなってしまったので、どうせこれ以上は作れなかった。しかしおれは、すでに億に近い金を手に入れているのだから、残念とも思わない。ついに警察は亜紀子と毛沢を検挙した。だがふたりとも、うまくごまかしたらしい。おれにまでは、追及の手はのびてこなかった。なんという幸運だろう。それにしても、持つべきものはいい友達である。

あきれたことに、事態がここまで発展しても、まだ親父は何も知らなかった。あいかわらず特許許可がおりるのを待っていた。いくら待ったって、永久におりる筈はないのだ。もう、誰もパーティを開かなくなり、騒ぎは下火になった。もっとも、ブームそのものは下火になったわけではない。静かなブームとして、いつまでも続くことだろう。製造を中止してから、約三か月経った。

その夜もおれは、ひとりで自分の部屋にとじこもり、活性アポロイドを楽しんでいた。

キュッ、キュッとアポロイドを握りしめているうちに、次第にバラ色の世界がおれの身体をつつみはじめる。

キュッ、キュッ。キュッ、キュッ。

脊髄《せきずい》を快感が駆けのぼり、失神する。

眼をさますと、音はまだ続いていた。

キュッ、キュッ。キュッ、キュッ。

音は押し入れの中から響いてくるのだ。おれはびっくりして、あわてて押し入れをあけた。

何ということだ。押し入れにぎっしりしまっておいたアポロイドたちが、孤独に耐え兼ねたのか、お互いになぐさめあっているではないか。ひとりでに形を変え、互いの肉体(?)をこすりつけあい、数百個のアポロイドが、いっせいにピンクになり、次第に赤くなりながら、だんだんその動作を速めて……。

キュッ、キュッ。キュッ、キュッ。

音は急速に高くなっていく。たいへんだ、近所の人に聞かれたら、おしまいだ。

おれは押し入れを閉め切った。だが音は、そんなことぐらいでおさまらない。

キュッ、キュッ。キュッ、キュッ。

そしてその音は、最後には町全体に響きわたるほど、高らかに鳴りわたったのである。

東京諜報地図

私は匂いに敏感だ。だからすぐに眼が醒《さ》めた。

すっ裸のままキチンへ行くと、レンジのガスが音のしない程度に洩《も》れている。あわてて元栓を閉め、換気扇のスイッチを入れ、窓をあけ放してからドアを見ると、鍵《かぎ》はかかっているものの、あきらかに誰かが針金か何かを突っこんだらしくて、鍵穴に瑕《きず》がついていた。

誰がやったのかと、知っている奴の顔を順に思い浮かべながら、もいちど寝ようとしたが、ふと時計を見ると午後の四時になっているので、あわてて起きあがった。

今朝は調子にのって九時ごろまで原稿を書いていたので、つい寝過ごしたらしい。私の職業は、おもて向きはSF作家ということになっているから、世間の目をごまかすために、そっちの仕事もしなければならないのだ。もっとも、ちっとも日本人向きじゃないＳＦなどというものを書いているくらいでは、原宿《はらじゅく》の高級マンションなんかに住める筈《はず》がないということは、ちょっとよく考えれば誰にだってわかると思うのだが。

髭《ひげ》をそり、新しいシャツの包装紙を破り、キャッツアイのタイピンを刺し、小型コルトを吊《つ》った肩帯をつけ、ダークスーツを着て私はアパートの自分の部屋を出た。世間には、若手のＳＦ作家で、二枚目で、しかも独身のプレイボーイだというふうに宣伝してあるから、夜出歩いてもさほどあやしまれない。もっとも、たかがＳＦの安い原稿料で、そんなに毎晩夜遊びできる筈がないというくらいのことは、ちょっとよく考えれば誰にでもわかることなのだが。

管理人室には小包が届いていた。Ｂ５判ハードカバーの書籍ぐらいの大きさと重さの小包だ。差出人は私の知らない男だった。こういう包みは年に平均一、二回かならずくる。おれはその包みを、アパートから少し離れたスナックの前の塵《ちり》箱に捨てた。どうせ中身は毒の入った食べものか、小型の時限爆弾だ。そうに決っている。

表参道《おもてさんどう》を神宮《じんぐう》通りへ出てタクシーを拾った。真壁タクシーだ。

日本のタクシー会社のほとんどはＵＳＩＡ（米国海外情報局）の出先機関か、あるいはそれに近い団体なのだが、この真壁というタクシー会社だけはそうではなく、ＭＩ６（英国軍事情報第６部）の日本支部である。その証拠にマークが同じだ。

運転手は色の浅黒い中年の男だった。油断できない。

「赤坂《あかさか》へ行ってくれ。マナオスを知っているかい」

「知ってます」

運転手風情の癖に、マナオスを知っているとなると、ますます油断はできない。彼はミラー越しにじろりと私を見た。私も彼を睨《にら》み返した。こういう時、気のきいた危険な会話を交すのは、素敵に面白い時間潰《つぶ》しなのだが、まかりまちがえば命を落す。だが、私はそれをやることにした。

「何か面白い話はないか」タバコをくわえながらそう訊《き》いた。

「さあね。面白い話って、どんな話だい」運転手はぶすっとした声で訊《たず》ね返した。すごく警戒していた。

「今朝の新聞を見たかい」私はそういいながら、用心のため、タバコに火をつけたダンヒルをそのまま握っていた。このライターのガスの中には、強力な催眠性ガスが混っている。蓋《ふた》を開けたままにしておいて十秒経つと、象がぶっ倒れ鳥が落ち魚が浮かぶ。もっとも今の東京には人間しかいないが。

「何か載っていたかね」と、運転手はいった。あくまでとぼける気らしい。

私は身を固くして喋《しゃべ》った。「ソ連の第二副首相のマミアナフさんが今夜来るらしいね。日ソ防共協定を結ぶためとか、書いてあったよ」

「ふうん」運転手は嘆息して見せた。「おれなんかにゃ、むずかしいことはわからないが」彼はつられて喋り出した。「そいつはきっと何だろうね、中共の勢いが強くなって、アメリカが中共と手を組みそうになってきたんで、こわくなってきたんだろうね」

「ああ、そうだろうね」この男は、今世界中で話題になっている米ソ防共協定のことについては、知らん顔をするつもりらしい。私はわざとにやりと笑って見せて、カマをかけた。

「イギリスなんか、どう思ってるだろう」

少し喋りすぎたと思ったらしく、運転手はしばらく黙った。やがて彼は、にやりと笑った。「さあ。どう思っているかね」凄《すご》い顔になった。

マミアナフ氏が訪日するのは、実は日ソ防共協定のためだけではない。駐日アメリカ大使とこっそり会見し、彼にソ連首相の親書を手渡すためなのだ。なぜそれを私が知っているかというと、じつは私はKGB（ソ連国家保安委員会・政治警察）日本支部に所属するスパイであって、今夜の会見に立ちあい、マミアナフ氏の護衛をしなければならないからである。その親書に何が書かれているか、それは私も知らない。しかしそれを知りたがっている奴はいっぱいいる。東京に集まっている各国スパイの全部が知りたがっているといっていいだろう。だから私は、彼らの邪魔だてを阻止しなければならないのである。

やっとマナオスに着き、私は正直のところ少々ほっとして車を降りた。タクシーも、ほっとした様子で走り去った。

マミアナフ氏と大使の会見場所がどこか、それは私も知らない。時間ぎりぎりに知らされることになっている。支部からの指令では、私の恋人である潮かな子を通じて連絡するということだった。だが、かな子はまだそのことを知らないから、前もって教えておかなければならない。このマナオスで、私はかな子と五時に待ち合わせる約束だった。

マナオスの地下三階へおりた。まだ早いためそれほど混みあってはいないが、それでもボックスのほとんどはふさがっていて、天井の低い部屋の中にタバコの煙がもうもうと立ちこめている。ジューク・ボックスが、若い頃のキティ・ヒースの声で「タイガー・タイガー」を歌っていた。

このイタリア・レストランはイタリア人の経営である。支配人もイタリア人で、彼の正体は実はNATOから日本へ派遣されているWEU（西欧連合）軍備管理機関の理事なのである。彼は私の顔を見て唇を歪《ゆが》め、手をあげて笑った。この男にはどうやら私の正体を知られているようだが、まだ証拠までは握られていない筈だ。

隅のテーブルにつくと、色の白いボーイがやってきた。ボーイをはじめ日本バーテンダー協会の連中はすべてCIA（米国中央情報局）の手先だ。

「ミックス・ピッツァとコーヒーだ。コーヒーはポットに入れて三杯分」

「かしこまりました」彼は馬鹿ていねいに頭を下げて去った。

ここのボーイやバーテンは皆、私の職業を薄うす感づいているが、私の所属までは知らないらしい。日本にはやたらにCIAの奴が多いから、おそらく私のことも自分たちの仲間だぐらいに思っているのだろう。あまり警戒の色は見せない。

ここの常連には外人が多い。いずれも一見して不良外人とわかる風貌《ふうぼう》の男女ばかりである。

隣りのテーブルにいる金髪の若いソバカス美人は、日本の繊維製品のソーシャル・ダンピングを喰《く》いとめるため、紡績会社のビル爆破の工作員として派遣されたランカシャー派（反日感情を持っているイギリス人のグループ）の特殊技術員第四号である。数十年前、日本のガット加入を阻止しようとしたり、近江《おうみ》絹糸の人権ストを工作したりしたのはこの娘の父親の第一号の方だ。

彼女と話しあっている黒人は、眼の大きな、歯の白い上品そうな男である。ソバカス美人の方ではこの黒人のことを、アメリカから来た歯科医だと思っているらしいのだが、実はこの黒人はケニアの首都ナイロビからやってきたマウ・マウ団（アフリカ民族主義・反英闘争の秘密結社）の団員で、ずっと以前からソバカス美人の命を狙っているのだ。もちろん彼女はそんなこととは露知らない。彼女の命が風前のともし火であることを知っているのは、私の他にはいないようである。だがもちろん、私はそれを彼女に教えてやったりはしないのである。

反対側の隅のテーブルで、この黒人の様子をじっと窺《うかが》っているアメリカ人の中年紳士がいる。彼はKKK団（アメリカの黒人排斥の秘密結社）の団員なのだが、この黒人のことをてっきりマルコムX一派のブラック・ムスリム（過激派の反白人運動員）だと勘違いして二年前から狙い続けているのだ。馬鹿な外人である。私は知っているのだが、本もののブラック・ムスリムは別にいて、実はそれは彼のすぐ眼の前の席で葉巻をふかしているニグロのジャズマンで、紳士の方ではこの男に命を狙われていることなど全然知らないのだから話は面白い。

コーヒーを飲みながらピッツァをつまんでいると、背の高い混血のボーイ・タレントが入ってきて、店内をあちこちと見まわし始めた。店内にいるほとんどの人間は、彼をひと眼見て苦笑し、あわてて視線をそらせた。

この男はNSA（アメリカ国家保安局）日本支局の使い走りのスパイで、いわばムード派スパイである。ムード派スパイというのはスパイの中でも最低のスパイで、彼は自分がスパイであることを楽しんでいるのだ。だから服装もいかにもスパイ然としていて、マジック・ミラーのサングラスなどをかけ、ポケットの中にはつまらん小道具をいっぱいつめこんでいる。私にいわせれば、その大半はオモチャに近い代物ばかりなのだが。

したがって本人は楽しいだろうが周囲の者ははなはだ迷惑だ。自分がスパイだということを広告して歩いているようなそんな男と組んで仕事をやった日には、まず成功はおぼつかない。ということは、下手をすると生命を失うという意味である。だからみんなが彼を敬遠し、話しかけられるのを厭《いや》がる。NSAからもあまり重大な仕事はさせて貰《もら》っていない。NSAというのは国防総省の下部組織で、暗号の解読と作成をやっているのだが、彼はどちらもできない。たまに連絡の仕事をやらせて貰うこともあるらしいが、そんな時彼は、さも自分は今重要なメモを握っているんだという態度をむき出しにして、オーバーに周囲を警戒しながら、あっちこっちとほっつき歩く。嬉《うれ》しがっているのである。

いざ相手に連絡しようという時は大さわぎである。そんな必要もないのに連絡場所を最低十回は変更する。相手に会っても、肝心の伝言やメモの交換はあとまわし、自分がその重大事項の秘密をいかに苦心して保持し得たか、いかに多くの生命の危険にさらされたかを、えんえんと喋り出すのである。もっとも敵方のスパイだって、彼のことはよく承知しているし、彼の持っている情報が大したものでないことも知っているから、あまり相手にしないのだが。

最近東京には、こういうスパイは彼の他にもたくさんいる。テレビや映画の影響でスパイ志願者がわんさとふえたため、スパイの質が低下したのだ。じつに嘆かわしい。アンクルやスラッシュが実在の組織だと思っている奴さえいるのだから。

彼は私の前の席が空いているのを見てにっこり笑い、こっちへやってきた。こんな奴に話しかけられては迷惑である。知らん顔をしようとしたが、彼はお構いなしにシートに腰を据え、意味ありげに私にうなずきかけてきた。

「やあ」

私もしかたなく、うなずき返した。「やあ」

こんな男と話しあっていると、しまいにはこっちまで皆から相手にされなくなる。怒らせるか何かして、早く追い返すことにした。

「マミアナフさんがくるんだよ」彼は声をひそめてそう言った。

「知ってるさ」私は気のない返事をした。

彼はにやりと笑った。「なぜ来るか知ってるかい」

「日ソ防共協定さ」

「ああ、そう新聞に出ていたね」彼は私の無知を嘲笑《ちようしよう》するかのように、横眼で私を見た。

私は少し腹がたった。「裏があるというのか」

「さあ。どうかな」気をもたせるため、彼はタバコを出し、ながい間かかって火をつけた。

ながい間かかるのも当然で、彼のライターには、襲われた時に敵の眼をくらませるための照明弾が仕込まれているから、違うボタンを押したら大変だ。たちまち店中に七彩の花火がとびまわることになる。

「言いたくなきゃ、言わなくてもいいさ」私はポケットから新聞を出そうとした。

彼はあわててテーブルに身をのり出した。どこから仕入れてきたのか知らないが、誰かに喋りたくてうずうずしているのだ。「アメリカ大使に、首相からの親書を手渡すらしいぜ」

「ふん」私は鼻で笑った。東京にいるスパイで、一か月前からそれを知らない奴はいない。「そんなら、おれだってVOA（米海外情報局の短波放送）の暗号ニュースで聞いたさ」

「だが、それだけじゃない」彼は躍起になって喋り出した。だんだん声が高くなり、店内まる聞こえになった。「それを阻止しようとしている組織がいるんだ。それは……」

「そんな話より、もっといい話がある」私はあわてて彼を制し、小声で喋り出した。「フク団の残党が、昨夜横浜に入港した。もう東京へ来てる筈だぞ」

彼は眼をしばたたいた。「フク団って何だ」

私は彼の無知にあきれながら、説明してやった。「フクバラハップ——タガログ語で抗日人民軍の意味だ。マグサイサイの工作で、団長のルイス・タルクは五四年に投降した。それ以来無力な団体になったと言われているが、実は地下で新しい組織を作っていたんだな」

「それがどうした」彼はいらいらし始めたらしく、指さきでテーブルを叩《たた》き始めた。喋るのを中断されたため、あきらかに怒っていた。「だいたいあんたはいつも、おれの知らないことばかりいう」泣き声になっていた。「それがどうしたというんだ」

「最近では、日本人だとか、特に日本人との混血に対してテロを加えている。それが日本へ上陸してきたんだぞ。君もあぶない」

「ぼくはフィリッピンとの混血じゃないよ」彼はびっくりしてそういった。

「そうとも。しかし奴らはそんなこと知らんからな。間違われる恐れは充分ある」

「ほんとか」彼はふるえあがった。

「ほんとだとも」私はうなずいた。

「まさか」しばらく考えてから、彼ははげしくかぶりを振った。「間違うだろうか」また、私に向き直った。「ねえ。まさか間違ったりしないでしょう」おろおろ声になっていた。「間違わないと言ってください」

私はトカゲに似た笑いかたをしてみせた。「さあね。わからんよ」

ちょうどいい具合にそこへ、潮かな子がやってきた。

「お待ち遠さま」彼女はおれの傍に立ってそういった。背は高い。そのまま外出着にもなる、黄色い耐放射能コートを着ている。

彼女は日芸ダンシング・チームの踊り子である。日芸ダンシング・チームというのは、JLCの下部組織であるJPA（在日米陸軍調達本部）の下請けだ。彼女たち踊り子は、有楽町《ゆうらくちょう》にある日芸の奈落《ならく》を試験場にして、ベトナムその他へ発送する兵器の製品検査をやっている。放射線や超音波を使ってキズを調べる試験だ。NDTの踊り子にNDT（非破壊検査）をやらせるなど、米軍もなかなか洒落《しゃれ》っ気《け》がある。

「じゃあ、ぼくは帰ります」混血のタレントが立ちあがった。

「もう帰るのか」私はひやかすように訊ねた。

「帰ります」本気で怖がっていた。「帰って寝ます」彼はよろめきながら店を出ていった。

「あの子何よ。あなた、趣味を変えたの」

彼女は混血のいたシートに腰をおろし、私にそう訊ねた。

「冗談じゃない」私は苦笑した。「仮に趣味を変えたとしたって、よっぽど切羽つまらなきゃ、あんな奴には手を出さない」

ボーイがかな子の傍へ、注文をとりにやってきた。「何を召上りますか」

「いいんだ。もう帰る」私は立ちあがった。ここでは落ちついて話できない。かな子といっしょにマナオスを出ると、外はもう暗かった。東京の夜は煤煙《ばいえん》と霧で艶《つや》消《け》しの薄墨色をしている。ネオンの色も不透明だ。空気は苦くて、ちょっぴりコーラの味がした。一流スパイの五感は、常人とは違って異常に敏感である。盲牌《パイ》はおろか、牌についているバイキンの種類だってわかるし、嘶《いなな》く声を聞いただけで、どの馬が勝つかを当てることもできる。

「晩飯はまだだろう」と、私はかな子に訊ねた。

「まだよ」

「どこへ行こうかな」

「十二社《じゅうにそう》の仙珍居へ行きましょうよ」

仙珍居というのは台湾料理の店だが、在日国府軍スパイの巣窟《そうくつ》だ。

「それより、霞町《かすみちょう》のケセルスにしようよ」と、私はいった。「あそこで生肉のステーキを食べよう」

「あら、それもいいわね」彼女はすぐ同意した。

私たちは例のUSIAの手先のタクシーで六本木《ろっぽんぎ》に出た。

ケセルスというのはドイツ料理の店で、もちろん経営者はナチスの残党だ。店の隅でツィターを弾いている眼の鋭い男が日本支部長である。だが最近は組織が弱体化しているから、行ってもさほど危険ではない。ここは、戦後西ドイツを中心に擡頭《たいとう》してきた例のネオ・ナチズムの組織とはあまり関係がない。ネオ・ナチズムの組織の多くは、最近ではアメリカに移っている。日本では那智《なち》の滝の傍にある那智寺に支部を持っている。そういえば地図で見ると、お寺のマークはハーケンクロイツの裏返しだ。

私は生肉のステーキを食べながら、潮かな子からいろんな情報を仕入れた。彼女はもちろん私の所属を、うすうす知ってはいるが、私の魅力にひかれてスパイの役をしてくれているのだ。彼女だけではない。私がちょっかいを出した女はすべて否応なしに私の魔力の虜《とりこ》となり、私の奴隷になり、気ちがいみたいになって走りまわることになるのである。

「今、試験しているライフルは、中国へ送るんだって」と、彼女はいった。「中国からはセメントがくるわ。それでベトナムにまた基地を作るそうよ」

「なるほど」私はうなずいた。

もう何年も前から、ベトナムに作られた米軍基地のセメントは、ほとんど中国の製品である。一方中国は、ベトコンに、米軍から買った日本製ライフルを提供しているが、南ベトナム軍の持っているライフルも、同じ日本製なのだ。つまりベトナムでは、敵味方とも日本製ライフルを使って殺しあいをやっていることになる。

「ところで今夜は、君にやってほしいことがある」と、私はいった。

「何でもやるわ」彼女はぎらりと眼を光らせ、私の顔をじっと眺めた。私のためにならなら死んでもいいと思っているのである。

「今夜終演後、君の楽屋へある人物が君を訪ねて行く。君はその男から渡されたメモを持って、私のアパートへ来てくれ。私はアパートで待っている」

「わかったわ」

私たちのテーブルへ松村恒夫がやってきた。「やあ、今晩は」

「やあ」

彼の本職は私と同じSF作家だが、彼はスパイではない。スパイになりたくてうずうずしている数多くのスパイ志願者のうちのひとりである。彼は私がスパイだということを勘づいていて、何とかしてスパイの仲間へ入れてもらおうと思ってやってくるのだが、私の見たところでは、彼にはスパイの素質はぜんぜんない。

「それじゃ私、そろそろ戻らなくちゃ」潮かな子が立ちあがった。彼女は最終回の舞台に出なければならないのだ。

「じゃあ、また」と、私はいった。

かな子は松村恒夫に会釈して店を出て行った。

「あいかわらず、いそがしそうだな」松村はかな子のいた席に腰をおろし、眩《まぶ》しそうに私を見てそう言った。

「暇さ」と、私はとぼけた。

「なあおい。もうそろそろ教えてくれたっていいじゃないか。君の所属している組織はどこなんだ」彼は泣きそうな声で私に訊ねた。

冗談じゃない。スパイともあろうものがそんなに簡単に、実はおれはスパイだなんて他人に喋ったりするものか。

「おれはスパイなんかじゃないよ」

「そら、そんなふうにとぼけるところがそもそも、君がスパイだという証拠だ。君はスパイだ。そうに違いない、いやそうにきまっている。スパイでない奴なら必ず、おれはどこそこの組織に属しているスパイだといって吹聴《ふいちょう》するもんだ」

「君の好きなように思っていろよ」

「おれたちは友人だろ。なあ。そうじゃないのか」

スパイには心を許すことのできる友人など永遠にない。しかも私は彼に、そういってやることもできないのだ。

「ああ、友人だ」

彼は恨めしそうに私を眺め、わざとらしく嘆息した。「じゃあ、ひとつ教えてくれ。スパイになるにはどうしたらいいんだ」

スパイ志願者を受付けるところなんて、あってたまるものか。秘密のスパイ教習所はあるが、必ずどこかの組織の附属施設なのである。

「さあね。どうしたらなれるんだろうねえ」

「しらじらしい」彼は少し憤然として胸をはり、それから身をかがめて私にいった。「教えてくれたら礼はするよ」

プロのスパイは絶対に買収されたりしない。されたスパイはすぐ消される。両側から狙われるのだ。

「だっておれは、知らないんだから」

松村は身をよじって呻《うめ》きはじめた。「おれはスパイになりたいんだ」女のように身もだえた。「誰もおれをスパイにしてくれないよ。誰かおれをスパイにしてくれ」泣き出した。「スパイになりたいよう。なりたいよう」

店中の人間が、あきれてこっちを見た。

私はあわてて立ちあがった。「おれは帰るよ」

店を出てからも、松村は泣き続けながらおれを追ってきた。「スパイになりたい。スパイになりたい」やがて立ちどまり、おれの背後から罵声《ばせい》を投げつけてきた。「ようし。お前がスパイだということを皆にバラしてやるぞ」彼は私を指さし、周囲に向かって大声でわめき始めた。「あの男はスパイだ」

私はあわててタクシーを呼びとめ、彼から逃げ出した。

自分のアパートからだいぶ離れたところで車を降り、ぶらぶら歩きながら戻った。

アパートの近くまでくると、あたりの車道はパトカーや救急車や野次馬でごった返していた。例のスナックのある六階建てビルの壁面が、片側一面だけ上から下まで吹きとばされていた。三階から上はマンションになっているのだが、車道から部屋の中がまる見えになっていて、住んでいる男女がおろおろして動きまわっている。

どうやら出がけに塵箱へ捨てたあの時限爆弾の小包が原因らしい。捨ててよかった――おれは胸をなでおろした。

そろそろ部屋へ、潮かな子がやってくる頃である。

アパートの階段を三階へ登り、廊下を部屋の前まで来ると、ドアの隙間から明りが洩れていた。私はコルトを抜いて構え、部屋にとびこんだ。

部屋は台風のあとのように散らかされていた。黒いソフトに黒い服、黒いサングラスをかけ、黒シャツに黒ネクタイをしめ、黒い靴を穿《は》いた色の黒い男が私の机の抽出《ひきだ》しの中をひっ掻《か》きまわしていた。

「手をあげろ」と、私は叫んだ。

黒い男はのろのろと両手をあげた。サングラスのため表情はよくわからない。私は彼に近づき、彼と向かいあって立った。

「手をあげろ」私のうしろで声がした。

私の背中には銃口らしいものが押しあてられた。私はコルトを床へ落とし、両手をあげた。首だけで振り返ると、白いソフトに白い服、マジック・ミラーのサングラスをかけ、白シャツに白ネクタイをしめ、白い靴を穿いた色の白い男が立っていた。ソファのうしろに隠れていたらしい。

迂闊《うかつ》だった。

このふたりは、皆からマッド・スパイと呼ばれている白黒コンビのスパイなのだ。黒スパイを発見した時、近所に白スパイがいることは当然私には予想できた筈である。殺《や》られるかもしれない――そう思った時、トイレットの中からマナオスの支配人がワルサーを構えて出てきた。「手をあげろ」

黒と白のスパイが手をあげた。

「さあ。あなた助けてあげました」と、支配人は鼻高々で私にいった。「このふたり、うちの店で、ここへしのびこむ相談していました。わたし、ひと足さきにここ来てトイレに隠れていました」

私はほっとして、コルトを拾いあげた。

「そいつはどうもありがとう」私は支配人の傍へゆっくりと近づいて行き、彼が油断した隙にワルサーを彼の手から叩き落した。

「あなた何するか」

「うそをつけ」私は全員に眼を配りながら支配人にいった。「貴様も何か探り出すつもりで、ここへ来たんだろう。逃げ出す機会がなかったから今までトイレに隠れていただけだ。そうだろう。そうに違いない」

「手をあげろ」ドアをあけて入ってきたのはおれが乗ったあのＭＩ６タクシーの運転手だった。彼は支配人にウィンクしていった。「助けに来ましたぜ」

私はコルトを捨てて手をあげ、支配人はワルサーを拾いあげた。白と黒のスパイは、どうしていいかわからず手をあげたりさげたりしている。

「手をおあげ」潮かな子がやってきて、運転手の背中に婦人用コルトの銃口をつきつけた。

私はコルトを拾いあげ、支配人と運転手は拳銃《けんじゅう》を捨てて手をあげた。

「ようし皆、廊下へ出ろ」私は全員を廊下へ追い出し、ダスト・シュートの蓋を開いた。

「さあ、順にこの中へ入れ」

彼らは顔を見あわせた。

「心配するな」と、私はいった。「地下にはゴミが一週間分溜《たま》っている。命には別条ない」

私は否応なしに彼らをダスト・シュートから地下のゴミ溜《た》めに追い落とした。いくらゴミが溜っているといっても、十メートル以上の高さから落ちた上、次つぎと頭上に墜落したのだからさぞこたえただろう。最後に運転手を落とし、私は蓋をもと通り閉めた。

「メモは貰ったかい」部屋に戻り、ドアに鍵をかけてから私はかな子に訊ねた。

「ええ。これよ」

私は彼女から粉薬用のカプセルを受け取り、中からメモを取り出して読んだ。

――二・〇〇ＡＭ楠木正成《くすのきまさしげ》のバケツ――。

二時なら、まだだいぶ時間がある。私は灰皿の上でメモを灰にした。

「ねえ。ご褒美はくださるんでしょう」かな子が燃えるような眼つきで私にすり寄ってきた。いつの間になったのか、生まれたままのすっ裸だ。

「いつ脱いだ」私は眼を丸くした。

彼女はものも言わず、私に抱きついてきた。しかたなく、私は彼女を抱きあげてベッドへ運んだ。

いかに恋人であろうと、プロのスパイというものは、女と寝る時にさえ油断してはいけない。たとえそれが信用できる女であったとしても、敵方のスパイがその女の肉体の奥深くにどんなものを仕掛けたか、わかったものではない。私が今まで、女と一度もうまく出来たことがなかったのも、そのせいなのである。弁解するわけではないが、私は決して不能者ではないのである。それは職業意識のせいなのである。

かな子は美人だが、私は特に彼女が相手の時には、一度も絶頂感に達したことがない。つまりこれは何故かというと、彼女の陰毛があまりにも剛毛で、しかも疎《まば》らに生えているからである。感触はいいが、どうも男を相手にしているような気がして——しかも何故か自分の父親を相手にしているような気がして、ポテンツが全然上昇しないのである。諺《ことわざ》にも、陰毛快々粗にして洩らさずというではないか。

結局かな子はふくれっ面をしてベッドから脱《ぬ》け出し、服を着始めた。やはりうまく行かなかった。だがもちろんこれは、私が悪いのではないのだから、私は劣等感を感じたりはしないのである。平気である。

性的不満足の極限状況みたいな顔をして、かな子が帰って行ったあと、私は部屋を整理し、下着とワイシャツを着換えてアパートを出た。こんどは駐車場から自分の車を出し、東京タワーへ向かった。タワーの足もとにあるロシア・レストランのボルシチへ行くことにしたのである。

ボルシチはKGBとGRU（ソ連軍事情報機関）の日本支部で、いわば私の基地みたいなものだ。わたしはそこで、仕事前の一時のくつろぎを得たかったのだ。

店の入口の左側にある駐車場に車をおき、地下一階へおりた。中央正面ではマンドリン一、ギター一、バラライカ二、ベース一という構成の楽団がロシア民謡を演奏している。客席は空《す》いていた。

ここへくる客のほとんどは、ここがどういう場所かを知っている。最近はCIAよりもKGBの方に人気があって、スパイになりたい素人はたいていKGBを志願する。今は店には、私の他に三人の中年女を含めて約十人の客がいるが、彼らのいずれもがスパイ志願者らしい。スパイになりたくてうずうずしている厄介な連中だ。

私はステージに近い席にかけ、ウォトカをちびりちびりやり始めた。ここにいると自分のアパートにいるよりもずっと落ちつくのだ。

カウンターで電話を聞いていたマネージャーが受話器を架台へ乱暴におき、客席を走り抜けてステージにとびあがった。

「この中にジョン・バーチ・ソサエティ（米反共組織）のスパイがいる」彼は拳銃を構え、客席に向かってそう叫んだ。「立ちあがって、一歩前へ出ろ」

私はびっくりした。私はKGB以外の人間には、自分をJBSのスパイだと思わせてあるのだ。マネージャーもそれを知っている筈なのである。きっと他に誰か、本もののJBSのスパイがこの店に潜入したに違いない。しかし、この際しかたがないから、私は立ちあがって一歩前に出た。

おどろいたことには、私以外のほとんど全員が立ちあがって一歩前へ出た。腰をおろしていたのはただひとり、壁ぎわの席にいる四十ぐらいのブローカー風の男だけだった。

「そいつだ」と、マネージャーがその男を指して叫んだ。

ブローカー風の男は椅子を蹴《け》倒し、入口の方へすごい勢いで逃げ始めた。

マネージャーが拳銃を発射した。楽団員たちも立ちあがり、楽器を構えなおした。強烈な断続音が地下の店内いっぱいに響いた。さっきからどうも演奏が下手で音が悪いと思っていたのだが、バラライカの中に自動小銃《バラライカ》が仕込んであったのである。

私はすぐテーブルの下にもぐりこんだ。他の客もみな、なかば腰を抜かして床にしゃがみこんだ。

ブローカー風の男は、全身にあいた穴から四方八方へ鮮血をぴゅうぴゅう噴き出させながら惰性で駆け続け、階段の手前で赤い絨毯《じゅうたん》の上に倒れ伏した。

死骸《しがい》が片づけられると、まだ硝煙の立ちこめている中ですぐまた賑《にぎ》やかに演奏が始まった。客たちも、今の出来ごとを愉快そうに語りあいながら、ふたたび食事を始めた。スパイは死ぬとどこへ行くんだろう——私はウォトカを飲みながら考えた。天国か、地獄か。もちろん天国だ。そうにきまっている。現世でこんなに苦労して、死んでからも地獄へ行くなんて、そんな不公平なことがあっていいわけはない。きっと天国へ行くのだ。天国へ行って神様になるのだ。古い民謡にだって、マタ・ハリも死んだら神様よというのがあるではないか。

そろそろ二時になるので私は立ちあがり、店を出た。

——楠木正成のバケツ——東京で楠木正成のいるところといえば、宮城前《きゆうじようまえ》しかない。

私は車を宮城前広場にとばした。ボルシチでのんびりし過ぎたため、到着したのは二時五分過ぎだった。遅れたかな——私は芝生の傍に車を停め、夜露に濡《ぬ》れた草の上を銅像に向かって駆けながらそう思った。

どうやらあのメモの内容が洩れていたらしく、先にやってきたスパイたちの屍体《したい》が、あちこちにごろごろ転がっていた。銅像の中に何が隠されているかは知らないが、きっとその争奪戦をやったのだろう。マナオスにいたイギリスの金髪美人が両眼をくり抜かれ、木の幹に凭《もた》れて立ったまま死んでいた。すっ裸である。マウ・マウ団の奴にやられがたのだ。そのマウ・マウ団の黒人は木の枝から首を吊られ、陰茎を切り取られて垂れ下っている。眼をくわっと見ひらいていた。

それをやったKKK団の団員である白人の中年紳士は、仕込み杖《づえ》を半分引き抜きかけたままの恰好《かつこう》で芝生にひっくり返っていた。彼の額は毒矢で貫かれていた。

銅像の前まで来ると、ブラック・ムスリムのニグロが、馬上の楠木正成に抱きついたまま死んでいた。

彼の首には正成の冑《かぶと》の鍬形《くわがた》が突き刺さっている。咽喉《のど》からはまだ血が噴き出し、夜空に白い湯気を立てていた。大楠公《だいなんこう》の顔は血でまっ赤に染まり、坂田金時《さかたのきんとき》に早変りしていた。どうやら大変な混戦だったらしい。

私は銅像によじ登り、馬の尻《しり》にあけられた直径三センチほどの穴に指をつっこんで、カプセルに入れられたメモをほじり出した。マミアナフ氏はとっくに東京に着いている。だからこれが最終連絡に違いないのだ。

――二・三〇AM代々木《よよぎ》練習水泳場の上――。

代々木競技場は私のアパートのすぐ近所だ。愚図愚図してはいられなかった。すでに二時十分である。私は車に引き返し、青山《あおやま》通りから表参道へと車をとばした。

十五分後、代々木競技場の正面階段の前に駐車した時、私の首筋には冷たい銃口が押しあてられた。口径から判断して婦人用コルトに違いない。

「かな子。私を裏切るのか」アパートからずっと後部シートに身をひそめ、私をつけていたらしい――そう思いながら私は正面を向いたまま嗄《しゃが》れ声で彼女を詰《なじ》った。「私を愛してはいなかったのか。私は君を愛していたのに」

「しゃらくさい。何いってんのさ」かな子の声はヒステリックだった。「不能者の癖に何が愛さ。己惚《うぬぼ》れないでよ」

「君はMI6のスパイか」

「あんたはあと十秒足らずの命なんだから、教えてあげるわ。私はＵＡＡＣ（非米活動委員会）のスパイよ。ソ連首相の親書が在日米大使の手に入るのを阻止しなければならないの」

「そんなことしたって、どうせ日本はソ連と手を握るぜ」

「わたしの知ったことじゃないわ。さあ、覚悟して」

私はギアを握りしめている手の親指を使い、グリップの上蓋をはねあげて、中にある赤いボタンを押した。後部シートが、はげしくはね上がった。

十年以上前に見たスパイ映画のアイデアを盗用したのである。その映画ではボタンを押すと、車の天井が開いて助手席が宙にとびあがり、腰かけている人間は空高く舞いあがった。

潮かな子が宙天高く星空へ向かってとんで行ったとなると、実にサマになって話も面白くなるのだが、あいにく私には天井を細工するほどの予算はなかった。日本のスパイはそれほど裕福ではないのだ。したがって潮かな子は、後部シートと天井の間に挟まって紙のようにぺしゃんこになってしまった。車を出る時に振り返って見ると、彼女の膝《ひざ》から下のいい恰好をした二本の足だけが、天井から垂れさがってぶらぶら揺れていた。

私は競技場の石畳の上を練習水泳場の方へ夢中で走った。もう、米大使もマミアナフ氏も現場へ来ている筈だった。

街灯の陰からとび出してきた白スパイと黒スパイを、両方の靴の先に仕込んでおいた毒塗り飛出しナイフで蹴倒し、ゴミバコの中からマナオスの支配人が投げつけてきた手裏剣をかわして、彼を万年筆型の毒塗り吹矢で倒し、ベンチの陰からサイレンサーつき拳銃で狙い撃ちしてきたタクシーの運転手におどりかかり、針金を仕込んだ時計の竜頭を引っこ抜いてその首を締め、さらに私は駆け続けた。もう誰も、何も仕かけてこなかった。

練習水泳場の上には、人影はなかった。私は石畳の上に身を伏せ、耳をすませた。あたりはしんと静まり返っていた。

ぼん。

腹にこたえる低い音がして、あたりが昼間のように明るくなった。誰かが照明弾をうちあげたらしい。

これではいくら身を伏せていても無駄である。私はうろたえて立ちあがり、身を隠す場所を求めてあたりを見まわした。

ずばっ。

ずばっ。

二発の銃弾が私の胸と腹に命中した。衝撃で私はその場に高く跳びあがり、宙で一転して石畳に身体を叩きつけた。それきり私は、もう動けなかった。

プロのスパイの最後は孤独である。惨めである。身体が冷たくなってきた。このままでは天国へ行けそうもなく、まっすぐ冷たい所へ行ってしまいそうだ。

両側から足音が近づいて来て、耳もとでとまった。

「やあ。ご無事でしたか」

「あなたこそ」

マミアナフ氏と米大使の声だった。

「だいぶ、派手にやったようですな」

「ええ。私もたっぷり楽しみました」

「では、ソ連首相からの親書を、たしかにお渡しします」

「たしかに受け取りました」

私の意識は次第に朦朧《もうろう》としてきた。すぐ傍で談笑している二人の声が、だんだん遠のいていった。

「なあに。内容は米大統領にあてた米ソ防共協定の試案書で、このことは全世界の人が知っていることなのですから、ぜんぜん大した文書ではないのです。だから直接大使館へ行ってお渡しすれば簡単だったのですが、それではあまりにも芸がなさすぎますからな」

「左様左様。こんなことでもないことには、楽しみがありませんからな、それに私だって、もともとスパイになりたかったのです。それなのに駐日大使なんかやらされてしまった。せめてこれくらいの楽しみがないことには……」

「なるほど。はははははは。実は私も……」

ヒストレスヴィラからの脱出

旅に出ることにした。

なぜ旅に出るのかと友人に訊《たず》ねられ、旅さきでまだ見も知らぬ自分にめぐりあうためだと答え、きざなことをいうなと笑いとばされたが、実際はその通りだった。

事業に失敗し、恋人には逃げられ、税務署の差押えはくうわ、家は人手に渡るわ、買った馬は負けるわ、町で拾った女からは悪い病気をうつされるわ、金は落すわ、犬には咬《か》まれるわ、ままよ後生楽勝手にさらせ、もうおれには何も残っちゃいねえ、いっそのこと自殺をと思ったものの、人間というものはなかなかあきらめの悪いもので、いや待てまておれにだって、まだ何かの可能性が残っているかもしれないと考えなおし、その可能性をさぐり出すために旅に出ることにしたのである。

行先は、ひとりになれるところならどこでもよかったが、同じことなら、まだ地球の人間が誰ひとりとして行ったことのないようなところの方がいい。この銀河系宇宙のはずれには、人跡未踏の秘境や、えたいの知れないところがいっぱいある。宇宙船を乗り継いでどんどん行けば、いつかは面白いところに出るだろうと考え、おれはある日、ふらりと家を出た。

中央宇宙空港から『ペルセウスの腕』方面行き光波推進宇宙船に乗ってケフェウス座のストゥルベ四番星に行き、そこで旧式のプルトニウム燃料による貨客船に乗りかえ、ゼバーグスに着いた。ここから先はローカル線しかなく、がたがたの貨物ロケットに便乗しなければならなかった。

田舎町のボンディに着くと、ここから先にはもう地球人はいなくて、会うのはたいていヨビ族かカンサカ族だ。ここでやっとのことで、不定期貨客船をつかまえ、ライメ十二番星にやってきた。

ライメ十二番星から出ている郵便船は、カンサカ族が運転していた。おれは彼らの好物の『つつがむし病原菌』でパイロットを買収し、郵便物にまぎれこんでライメ十九番星に渡った。この星の人口二百人の首都テンクマから、この星でたった一台しかない汽車に乗って十二日間揺られ、おれはヒストレスヴィラという小さな寒村の駅に降り立った。どうやら望んでいた場所へやってくることができたようである。

ヒストレスヴィラは、駅の周囲にぱらぱらと二、三の商店らしいものがあるだけで、あとは数軒の民家しかないという、山の麓《ふもと》の貧しそうな部落だった。人口も、おそらく二十人に満たないだろうと思われた。

　このライメの太陽は、地球のそれよりもだいぶ大きく、この村も日中はひどく暑い。しかし、村を出はずれて山の中へ入ると、だいぶ涼しくなった。

　おれは熱帯性植物の生い茂っている森の中の、けもの道らしいところをどんどん歩いて行った。とにかく、誰も来そうにないところへ行って、早くひとりになりたかったのである。地球の周辺の、人間の行ける星には、もうこんな原生林はいくら捜してもない。すべて文明の害毒に染まってしまっている。

　見たこともない珍奇な鳥やけものがいっぱいいた。さいわい、危険な猛獣に出くわして食われそうになるといったような出来ごともなく、やがて澄み切った小さな川の岸に出た。おれは河原にテントを張り、ここでしばらく孤独を楽しむことにした。

　澄んだ水に魚は住まないというが、それは地球だけの話らしい。ここではいろいろな魚が釣れる。魚に似た奴や、地球では昔絶滅した例のサンショウウオに相当する奴までいて、食べてみるとどれもこれも珍味である。さいわい、魚の毒にあたってのたうちまわるといったようなことは一度もなく、おれはそれから約一か月ほどの間、この河原で魚釣りや読書をし、孤独を楽しんだ。他人に会わなかったかわり、自分にも会わなかった。楽しすぎたのだ。

　食糧はたくさん持ってきていたので、なくなることはなかった。いずれも還元食品だから、水さえあれば少量の粉末で腹いっぱいになり、美味だし、しかもカロリーは高い。

だが、一か月も経つと、さすがにその食糧も残り少なくなってきた。そろそろ地球へ戻らなきゃなるまいな、と思っていると、ある日村の郵便屋がやってきた。

「あんたに郵便だよ」

ヨビ族の郵便屋は、人間とアライグマのあいの子のような顔でおれに笑いかけ、一通の封書をさし出した。

「ここにおれがいるってこと、よくわかったな」おれはびっくりして彼にそういった。

「だいたいの見当はついたさ」彼はまん丸い、きょとんとした眼でおれを見てうなずいた。「けもの道づたいに来たんだ。このヒストレスヴィラへきた客は、たいていここへくるからね」

「なんだ」おれはがっかりしていった。「ここへきたのは、おれが初めてじゃなかったのか」

「じゃ、たしかに渡したよ」

「たしかに受け取った」

郵便屋は村へ戻っていった。

手紙は地球の友人からだった。おれはさっそく開封して読んだ。

『元気かい。そんなところにいつまでいるつもりだ。早く帰ってこいよ。君が蒸発しちまってからいろんなことがあったよ。まず、君が借金の担保としてぼくに渡していった例のラリタ薬品の株券のことだが、あの会社の株が暴騰したよ。新しい換性剤《ヘンタイン》が発売され、猛烈に売れたそうだよ。ぼくが時期を見はからってあの株券を売ったら、五千万グラン も儲《もう》かったんだよ。君は行方不明だったし、本当はぜんぶぼくが貰《もら》っといてもよかったんだが、ぼくと君は親友だから、そんなことはしなかったよ。ぜんぶ君の銀行へ振り込んどいたよ。それからあちこちに問いあわせて君の行方を捜したら、そんなところにいることがやっとわかったから手紙を出します。それから君も知っての通り、あの会社の株は君以外にも、ぼくだとか、クサキとかウシミツとか、トサカブトといった連中もだいぶ買って持っていたから、みんなそれぞれ大儲けしたんだよ。そこでその仲間が集まって、ひとつ新しい事業をおっ始めようという話になって観光会社を作ろうということになったんだよ。ところが、社長としての貫禄《かんろく》のある奴がいないんだよ。君がいればいいのになあと皆が言っているし、君さえよければこっちへ帰ってきて、代表取締役になってほしいんだよ。それまでポストは空席にしとくよ。そうそう、それからもうひとつ。君の恋人は、いっしょに逃げた男に振られて泣いているよ。君さえ許してくれれば、もういちど君といっしょに暮したいといってるよ。後悔しているようだし、ぼくからも頼むから、ひとつ、よりを戻してやってくれないか。君が帰ってくるのを、みんな待ってるんだよ。早く帰ってきてくれよ。頼むよ。さよなら。追伸。君が落した金を警察に届けてくれた人がいて、ぼくがあずかってるよ』

こうなってくると人間なんて現金なもので、おれはたちまち里ごころがつき、一日も早く地球へ帰りたいという気持になってしまった。

二日ののち、おれはテントをたたみ、荷物をまとめて背負い、河原をはなれ、けもの道づたいに山を下った。

麓に近づくにつれて暑くなり、ヒストレスヴィラまでたどりついた時には、汗びっしょりになってしまっていた。熱っぽい風のため、村の中央の大通りには砂埃《すなぼこり》がもうもうとたちこめ、埃をかぶって白くなった民家の屋根を、午後の太陽がぎらぎらと照りつけていた。

駅までやってきて、出札口の上の時間表を見ると、テンクマ行きの汽車が到着するのはまだ三時間もあとだった。とりあえず、切符を買っておいて、汽車が来るまでにどこかで身体を洗い、食事をしておくことにしよう——おれはそう思った。

切符を買おうとして出札口を覗《のぞ》くと、駅員がいなかった。

「客だぞ」と、おれは叫んだ。「切符をくれ。どこにいるんだ」

おれの声はがらんとした駅の待合室に、うつろにこだました。返事はなかった。

乗降客は滅多《めった》にいないらしいから、きっとどこかで昼寝でもしているんだろう——。そう思い、おれは駅員を捜して駅の周囲をうろついた。

駅舎の裏の畑に、駅員らしい地味な制服を着た男が土いじりしているのを見つけ、おれは彼に近づいた。

「何をしてるんだね」おれは彼のうしろに立って訊ねた。

彼はゆっくりと立ちあがり、振り返った。あの郵便屋と同じく、この駅員もヨビ族だった。

「ネコムギを植えている」と、彼は答えた。「明日の食糧だ」

「この星では、植物はそんなに早く育つのかね」

おれがびっくりしてそう訊ねると、彼はうなずいた。

「そうだよ。明日の夕方ごろ芽が出る。その芽をつんで食べるのさ」彼はそういいながら、おれの様子をじろじろと見あげ見おろした。「あんたは一か月ほど前に汽車でやってきて、山へ登った人だね」

「そうだよ」

「もう帰るのかね」と、彼は意外そうにいった。

「ああ。帰るのだ」おれはうなずいた。「もうしばらくいる筈《はず》だったが、地球からすぐ戻ってこいという手紙が届いたんでね」

「手紙が来たことは知ってるよ。郵便屋から聞いた」

小さな村だから、おれのことまで話題になるらしい。

「そういうわけだ。次の汽車に乗るから切符を売ってくれ」

「いいとも」

おれと駅員は駅舎に戻った。

おれが出札口の前で待っていると、中でしばらくごそごそやっていた駅員が、やがて首を出していった。

「乗車券が一枚もない」彼は気の毒そうな表情で、おれにうなずきかけた。「売り切れだ」

　乗車券が売り切れてたまるものか。

「切符がなくては汽車に乗れないよ」おれはおどろいてそう言った。「なんとかしてくれ」

「三年前に最後の一枚を売ったことを、すっかり忘れていた」駅員は申しわけなさそうにいって、まん丸い眼をしばたたいた。「印刷屋には、新しい切符を印刷するように注文してある。もう出来ているかもしれない。すまないけど、あんたひとっ走り、印刷屋まで行ってきてくれないか」

「どうしておれが、印刷屋へ行かなきゃならないんだ」おれはあきれた。「おれは客だぞ」

　駅員は困って頭を掻《か》いた。「わしは、とにかくここにいなきゃならないんだ」

「じゃあ、行ってこよう」おれはしかたなしにそう言った。「印刷屋はどこにあるんだね」

「大通りを山の方へ行くと、右側に荒物屋があるだろう」

「ああ。知ってるよ」

「その隣りが食堂だ」

「あるある」

「印刷屋は、その食堂の隣りだ」

　おれは荷物を駅員に預けて、ふたたび村の中央の大通りへ出た。

　荒物屋の店さきを通りかかったついでに中を覗くと、店の奥に老人のカンサカ族がひとり、木箱の上にぼんやり腰をおろしてこちらを見ていた。

カンサカ族というのはヨビ族に比べて、ぐっと非人間的な体形をした種族である。爬《は》虫類《ちゅうるい》か哺乳類《ほにゅうるい》かもよくわからないし、そもそもこの種族に似た動物は地球にはいないから、形容のしようがなく、説明のしようもない。外見上は性別さえ不明だ。

おれは店の中へ入っていった。荒物屋とはいうものの、村に一軒しかない売店だから、何でも屋に近い店だ。店内には使途不明の、えたいの知れない商品がいっぱい並んでいた。

「靴を見せてくれ」そういってしまってから、おれは重ねて彼に訊ねた。「あんた。銀河系標準語は喋《しゃべ》れるだろうね」

カンサカ族は特殊な発声器官を持っている。だから舌やノドや鼻を使う標準語を喋れない奴が多い。

「靴か。靴というと、足にはく奴だね」荒物屋の老人は、わりあいに滑らかな標準語を使ってそういい、店の中を見まわした。「靴はないな」

「じゃあ、何かほかに履くものはあるか。この靴は履き古してぼろぼろなんだ。サンダルでもいいんだが」

「サンダルって、蹄鉄《ていてつ》のことかね。蹄鉄ならあるよ。打ってあげよう。打つのはサービスだ」

蹄鉄をうたれてはたまらない。

「もういいよ」おれはあわてて荒物屋をとび出した。

食堂の前を通る時、腹がへっているのを思い出したが、このぶんではこの食堂にだって、ろくなものは売っていないにちがいない。そこを通り過ぎ、おれは一軒の民家の前に立った。

どうやらこの平屋が、駅員のいった印刷屋らしいのだが、ひどくみすぼらしい家で、看板もかかっていない。

「ごめん」おれはそういって、がたがたのドアを押しあけ、おそるおそる中に入った。

薄暗い部屋の中には、印刷機らしい機械や、紙切れや、いろんな工具がいっぱい散らばっていた。中央の机に向かって大柄のヨビ族がわけのわからない機械を組み立てていた。その向かいには、どうやら大男の助手らしい若いヨビ族が、やすりのような工具で細い棒状の金具をこすっていた。

「なんだね」と、大男の印刷屋がおれをふり返って訊ねた。

「乗車券を貰いにきたんだけど」

「ああ。あれか」印刷屋はそっけなくいった。「あれはまだだ」

「まだでは困るよ」おれはうろたえた。「次の汽車に乗れなくなる」

「あんたが乗るのかね」

「そうだ」

「そんなにあわてなくても、いいじゃないか」

「いそいで地球へ戻らなきゃならないんだ」おれはおろおろ声で懇願した。「頼みますよ。すぐ印刷してください」

「デザインがまだなんだよ」印刷屋は少し困った様子で首を傾げた。「なかなか、いいデザインができないんだ」

彼は顎《あご》で机の片隅を示した。

切符の図案を書きなぐった紙片が山積みになっていて、数枚は床の上にも落ちていた。

「あんた。何かいい図案を考えてくれないか」と、印刷屋がいった。

おれはおどろいた。「おれは要するに、汽車に乗れさえすればいいんだ。図案なんか、どうでもいい」おれは泣き声を出した。「どうして乗客が、自分の乗る汽車の乗車券のデザインまでしなきゃならない」

「あんたは地球の人だろ。地球の古い諺《ことわざ》には『袖《そで》ふれあうも今生の縁』とか『乗りかかった宇宙船』とかいうのがあるじゃないか。『縁は異なものエロなもの』とか『急がばすわれ』というのもある」

このヨビ族は、わりあいインテリらしい。おれはあきらめて、小さな椅子のひとつに腰をおろした。

「切符はいつできますか」

「そんなにいそぐのなら」彼は組み立てていた機械を投げ出し、若いヨビ族に声をかけた。「おい。もういちどデザインを考えるから、そのラフ・スケッチを集めて、ホチキスでとめてくれ」

「はい」若いヨビ族は立ちあがり、紙を拾い集め、ホチキスを捜して部屋の中を見まわした。

「何をしている。早くしろ」

「ホチキスがありません」

「逃げたかな」大男はテーブルの下をのぞきこんだ。

「どうしてホチキスが逃げたりするのですか」と、おれは訊ねた。

「手製のホチキスだからだ。材料がないので、タンヤオドリのクチバシをホチキスに改造した」

タンヤオドリというのは、地球でいえばニワトリに相当する家禽《かきん》である。おれが部屋の中を見まわすと、片隅の木箱の中に一羽いたので、指さしてあそこにいるじゃないかというと、彼はかぶりを振った。

「いや。あれはシャーペナー・バードだ」

なるほどそういえば、クチバシの上に穴があいていた。鉛筆削りになっているらしい。

「裏庭を見てきてくれ」と、彼は助手にいった。

「はい」助手は裏口から外へ出ていった。

「あんたは発明家ですか」と、おれは彼に訊ねた。

彼は少し気をよくしたようだった。

「そうだよ。この辺は道具がなくて不便なところだ。だから何でも、自分で作らなくてはね」

「あなた、どうしてこんな不便なところにいるんです」

「あんただって、その不便なところへわざわざやってきた。なぜだい」

「おれは遊びにきただけだ。一生住む気はない」

「おれだってそうだったよ。だが、ここが気に入っちゃってね」

「どうして」

そこへ助手が、クジャクほどもあるでかいタンヤオドリをかかえて戻ってきた。「裏庭の木の、メラメラの巣にひっかかっていました」

メラメラというのは、地球でいえばクモに相当する奴だが、クモよりも大きく、巣にしたって鳥がひっかかるほど馬鹿でかい。

助手は無理やりホチキス鳥のクチバシをこじあけ、中へ紙束をつっこんだ。

「あんた、乗車券ができるまで、この村の中を見物してきたらどうだい」と、印刷屋がいった。

「この村に、見物するようなところがあるのですか」

「博物館があるよ」

「そんなものがあったのか」おれは好奇心をそそられて訊ねた。「どこにあるんです」

「通りをへだてて、この家の向かい側だ」

「じゃあ、ちょっとのぞいてきます」戻ってくるまでに乗車券を印刷しておいてくださいね、くれぐれも頼みますよ、といっておいて、おれは印刷屋を出た。

陽は少し傾いてきたが、それでもまだ暑い。おれは汗を拭《ぬぐ》いながら広い大通りを横断した。

印刷屋の向かいには、博物館らしい建物はなく、そこにあったのもやはりただの民家だった。しかし入口のドアの上には数枚の貼り紙がしてあって、それには銀河系標準語で、『ヒストレスヴィラ村役場』『ヒストレスヴィラ村民会館』『ヒストレスヴィラ郵便局』『アート・シアター』『異星の自然博物館』など、その他数種の名称が書かれていた。アート・シアターまであるのにはびっくりしたが、とにかくドアをあけ、おれは中に入った。

部屋の中は思ったよりも広く、がらんとしていて、このあいだの郵便屋が隅の事務机に向かってひとり腰をおろし、ぼんやりしていた。

「やあ」と、彼はおれを見ていった。「山をおりてきたのかね」「時間つぶしに、博物館を見学にきた」

「次の汽車で帰るんだ」と、おれは答えた。

「たいして面白いものはないよ」彼は立ちあがり、おれを、事務机とは反対側の隅にある戸棚の前に案内した。この男は郵便配達夫であると同時に、この村の役人でもあり、また博物館の案内人の役も兼務しているらしい。

戸棚にはぼろぼろの剝製《はくせい》や、こわれかかった標本箱や、埃をかぶって中の見えないガラス瓶などが十数個、雑然と置かれているだけだった。

「これだ」

「これが博物館かね」

「そうだ。あんたは地球の人だろ。地球に昔いた動物の標本もあるよ」

「見せてくれ」

彼は戸棚を乱暴にあけて、中をかきまわし、最初に小さなガラス瓶を出して見せた。中には果実らしい白っぽいものが薬品の中に浸ってふやけていた。

「これはナシだな」

「二十世紀という名の果物だよ」

次に彼は、毛の脱《ぬ》け落ちた小動物の剝製をとり出した。

「それはなんだ」

「二十世紀フォックスとかいう奴だ」

「この石はなんだ」

「それは石じゃない。ゼバーグスにいる硅素《けいそ》生物の標本だ」

やっぱり石じゃないかと、おれは思った。

「この卵はなんの卵だね」

「タンヤオドリの卵だ。向かいで貰ったんだ」

まったく、ろくなものはない。ひと通り見てから、おれは郵便屋にいった。

「見るものは、これで全部かい」

「ああ。これで全部だ」彼はうなずいた。

おれはさらに訊ねた。「他に何か、面白いものはないか」

面白いものを期待したわけではなく、時間が余りすぎるのだ。

「アート・シアターを観覧するかね」と、彼はいった。

「アート・シアターって何だね」

「映画だよ」

「トータル・スコープかい」

「いや。平面映画だ」

平面映画などというものは、子供の頃に古代博物館で西部劇と称するひどいしろものを一本見たきりである。

「そんなものがあるのか。見せてくれ」

彼は両開きになっている木製の窓をすべて閉めきり、机の下から手まわし映写機を出した。おれはスクリーン代りの白壁に向かって椅子にかけた。

映画が始まった。タイトルも何もなく、いきなりヨビ族の男女が出てきて恋愛をはじめた。

「これには、色がついてないじゃないか」と、おれは叫んだ。

「昔の映画には、色がなかったんだよ」郵便屋はむっとしたような口調で答えた。「その方が芸術的だものな」

「音声もない」

「その方が芸術的だ」

「昔の人間は、こんな映画ばかり見ていて、よく色盲にならなかったものだな」だらだらした恋愛が、いつまでも続いた。現実に於（お）いてさえ、恋愛は退屈なものだ。まして映画でこんなにだらだらとやられては、たまったものじゃない。おれは五分と経たないうちに退屈してしまった。

「他の映画はないのか」

「これ一本だけだ」

「退屈な映画だ」

「退屈だって」郵便屋は、こんな面白い映画が退屈だなんてとても信じられないと言いたそうな声を出した。「おれなんか、この映画をもう百回以上見てる。だけど退屈だなんて思ったことは一度もない。村の連中だって、みんなそうだよ」

「同じものをそんなに何度も見て退屈しないなんて、おれには信じられないね」

「初めて見る映画だと思って見ればいいのさ」

「初めて見たって退屈だ。ストオリイに発展がないじゃないか」

「ストオリイに発展があったり、結末があったりしては、それこそ一度きりしか見ることができないじゃないか。観客が空想できる余地の多い映画ほどいい映画なんだよ。見るたびに別のことを空想すれば、何回だって見ることができるだろう。だいたい現実ってものがそうなんだよ。現実にあるものは発展だけじゃないだろう。だいいち現実に結末なんてものがあるのかね。そんなもの、ありゃしないじゃないか」

映画は二十分足らずで終ってしまった。

「もういちど見るかね」

「もう沢山だ」

「フィルムを逆に回して見せてやろうか。面白いよ」

「もういいよ」

暑いのに窓を閉め切って映画を見たため、汗がだらだら流れ落ちて、ノドがからからになった。

「料金は幾らだい」と、おれは訊ねた。

「博物館の観覧料と映画代、両方で二ピコグランです」

おれは金を払って外へ出た。

ふたたび陽の照りつける埃っぽい大通りを横切り、おれは食堂の前に立った。

両開きのドアの上には、おれの知らない料理の名前が数種類、紙に書いて貼ってあった。おれはドアを押して入った。

片側にカウンターがあり、反対側の壁にくっついてテーブルがひとつ置いてあるだけの、小さな食堂だった。カウンターの奥が調理場になっている。誰もいなかった。

「誰かいないか」おれはカウンターに向かって腰をかけ、奥に叫んだ。

奥のドアが開き、さっきの荒物屋の老人が出てきた。「いらっしゃいませ」

おれはおどろいた。荒物屋と食堂は両方ともこの老人の経営らしい。奥が隣りの店と続いているのだ。このカンサカ族の老人がコックをやるのでは、とうていろくな料理は食わせて貰えそうにないぞ——おれはそう思い、観念した。

「まず、冷たい飲みものをくれ。ノドがからからだ」

老人はうなずき、洗い場から石器に入った白い液体を持ってきてカウンターに置いた。おれはその白濁したような液体を、ごくごくといっ気に飲み乾《ほ》した。多少酸味のある、変った味の飲みものだった。なまぬるかったため、おれの身体からは、さらにどっと汗が噴き出した。

「もっと、冷えた奴はないのか」と、おれは老人に訊ねた。

「それがいちばん、冷えてるんだ」老人はうなずきながら答えた。

これ以上冷たい飲みものが、この村にはないのだと知ったとたん、ふたたび汗がにじみ出し、全身をつたって流れはじめた。

おれはさらに訊ねた。「これは何だね」

「乳だよ」

「なんの乳だ」

「わしの女房の乳だ」

ぐぐっともどしそうになったが、ここで吐いては失礼にあたるから、おれは我慢した。

「奥さんの乳を客に飲ませるなんて、たいへんなサービスだね」おれは皮肉まじりにそういった。

「今、女房は便秘でね」と、老人はいった。「だから少し味が悪いだろ。いつもはもっとうまいんだが。だけど、よけりゃまだあるよ」

「結構だ」おれは辟易《へきえき》してかぶりを振った。「食べるものはあるのかい」

「裏庭のネコムギの芽がまだ出揃わないんだ。なんならあんた、山へ行って野生のネコムギを摘んできたらどうだい。持ってくりゃ料理してやるよ」

そんなひまはない。

「しかたがないな」おれは嘆息した。「食べものはあきらめよう。いくらだい」

乳は一杯三ピコグランだった。おれは老人に金を支払い、食堂を出た。

どうせ乗車券はまだできていないだろうとは思ったが、他に行くところもないので、また印刷屋に舞い戻った。

印刷屋の大男は、小型の卓上輪転機にしがみついていた。

「調子が悪い」彼はおれを見てそういった。「修理できるまで、あと二、三日はかかりそうだ」

「それは困るよ」と、おれは叫んだ。「もうそろそろ、汽車がくるんだ。どうしてくれるんだ。おれはいそぐんだ」あまりのことに、おれは逆上してわめき散らした。

「いざとなりゃ、汽車に乗ってから切符を買えばいいじゃないか」大男はきょとんとした顔でおれを眺めて言った。「怒鳴ると寿命が縮むよ」

なるほど。そういう方法もあったな――おれは少し安心して、空いた椅子に腰をおろした。

大男はふたたび輪転機の修理にとりかかった。

助手らしい若いヨビ族は、あいかわらずやすりで棒金具をこすっていた。

おれは助手に訊ねた。「その金具は、何に使うんだい」

彼は手を動かし続けながら、ぼんやりとおれを見た。それから怪訝《けげん》そうに、改めて自分の握っている棒金具をしげしげと眺め、首を傾げた。「さあ。何に使うんだったかな」彼は大男に訊ねた。「これは何にするんですか」

大男は棒金具をちらりと見て、かぶりを振った。「忘れたな。そのうちに思い出すだろう」

助手はまた、金具をやすりはじめた。

知らずしらずにあくびが出た。あくびを三つ続けたとき、ドアが開いて駅員が入ってきた。

「今、隣の駅から電話があった」と、彼はおれにいった。「汽車は遅れるそうだ。今日は来ないよ」

「じゃあ、いつになるんだ」

「明日かな。ひょっとすると、あさってになるかもしれないね」

「なぜそんなに遅れるんだ。何の為の時間表だ」ひとりでに声がうわずってきて、おれはまた怒鳴りはじめた。

駅員は、なぜおれが怒っているのかまったく理解できないといった表情のまん丸い眼で、じっとおれを見つめた。

自分の短気が少しはずかしくなり、叫ぶのをやめると、駅員は説明しはじめた。

「機関士がターミナル・ステーションに弁当を忘れて、隣の駅まできて気がついた。ちょうど乗客はひとりもいなかったので、すぐに取りに引き返したんだそうだ」

「そんな馬鹿な」

「だけど、しかたがないよ」駅員は詫《わ》びようともせず、そういってうなずいた。「弁当を忘れたんだものな。おれだって、やっぱりそうしただろうよ」

あまりの馬鹿らしさに、ものを言う気もしなくなって、おれは黙ってしまった。

「あんた、今夜はおれの家に泊ればいいよ」印刷屋が慰めるようにいった。「離れがあるからね」

おれは立ちあがった。「おれは、すぐ出発したいんだ。そうとも。すぐ出発する」

「歩いて行くつもりかい」駅員がびっくりして言った。「とても無理だよ。テンクマまで歩いて行こうとすれば、二、三か月はかかる。途中には村が三つあるだけだ。食べものもない」

「手動車はないのか。もしあれば手動車を買う。金はいくらでも出す。手動車はないか」

「壊れかかった車ならあるよ」と、印刷屋がいった。「裏庭で雨ざらしになってるがね」

「見せてくれ」

おれと印刷屋は裏口から庭へ出た。薪を燃して走る二人乗りの手動車が壊れかかったまま、日に照りつけられてしどけなく寝そべっていた。

「あんたの車か」

「そうだ」

「いくらで売ってくれる」

「三グランでいいよ」

「五グラン出そう。そのかわり、すぐ動くように修理してくれ」

「ああ。いいよ」

「すぐできるかい」

「そうだなあ」印刷屋は車のあちこちを点検した。タイヤの具合を調べ、ボンネットをあけて中を覗きこんだ。「だいぶ、あっちこっちいたんでるな」と、彼はいった。「すぐ仕事にかかったとしても、明日の昼過ぎになる」

それまでに汽車が来るかもしれないが、あの駅員の調子では、あてにしない方が賢明だ。

「すぐかかってくれ。頼む」

「じゃあ、すぐにかかろう」印刷屋は工具をとりに、家の中へ入っていった。

おれはひとり、裏山に続く斜面になった庭をぶらぶらと歩きまわった。

汽車が来ないとなると、ますます地球へ帰りたくなる。帰心矢のごとしという奴だ。地球へ帰ってからの計画は、すでに頭の中でねりあげてあった。あとは一日も早くその計画を実行に移せばいいだけだ。成功まちがいなしだ。恋人にも会いたい。うまいものも食いたい。バクチもしたい。帰りたい。早く帰りたい。

夢中で歩きまわっているうちに、突然手足の自由が利かなくなった。あわててあばれようとしたが、腕が動かせない。もがいているうちに足までが宙に浮いてしまった。顔にはねばねばしたものがいっぱい貼りついた。メラメラの巣に、ひっかかってしまったらしい。

「助けてくれ」と、おれは叫んだ。メラメラの糸が口の中へ入った。「誰か来てくれ」

ふと上を見ると、木の枝から垂直に垂れている糸を伝って、一匹の巨大なメラメラがすごいスピードでおれに近づいてくるではないか。クモはいちばん嫌いだ。おれは蒼《あお》くなった。

「助けてくれ」おれは悲鳴をあげた。「わあ。助けてくれ」

こんなところでメラメラに喰《く》われては、死んでも死にきれない。だいいち、みっともない。

だがメラメラは黄色い眼を光らせ、毛むくじゃらのからだでおれの上に覆いかぶさってきた。いやな匂いがした。あまりの恐ろしさに、おれは気が遠くなってきた。

おれの悲鳴を聞きつけて、家の中から印刷屋と助手と駅員が駆け出してきた。彼らはおれの直面している状況を見ておどろき、棍棒《こんぼう》や工具でメラメラを叩《たた》きつけた。

ぐさっ——と、服越しにおれの腹へ、メラメラの産卵管が突き刺さった。

「ぎゃっ」と、おれは叫んだ。

メラメラは印刷屋の棍棒で頭部を叩き潰《つぶ》され、どさっと地べたに落ちた。

おれは、なかば失神したようになって部屋の中へかつぎ込まれた。下腹部が猛烈に痛み、足は完全にしびれていた。机の上に寝かされたおれの服を、印刷屋が無理やりひっぺがした。

「腹がふくれあがっている」駅員がおれの下腹部を見て、大声でそういった。「メラメラに卵を産みつけられたんだ」

「なんだって」おれは自分の耳を疑って訊ね返した。

「メラメラという奴は、他の動物のからだに卵を産みつける」印刷屋がゆっくりとおれに説明した。「あのメラメラは子持ちの雌メラメラで、あんたの腹の中に卵をひり出したんだ。おそらく大腸か盲腸か、直腸の内部だろう。このままほっておけば、あんたは今夜、数千匹のメラメラの子を尻《しり》から産むことになる」

「いやだ」おれは絶叫した。「医者を呼んできてくれ。開腹手術でその卵をとり出してくれ。早く早く。メラメラの子なんか、産んでたまるものか。そんなことは下品極まる。

だいいち恰好《かっこう》がわるい」

「じゃあ、お医者呼んでくる」駅員は外へ走り出ていった。

足のしびれは少しおさまってきたが、腹はますます痛み出してきた。首をのばして自分の腹を見ると、ヘソの下の部分が小山のように膨れあがり、まっ赤になっている。

しばらく呻《うめ》き続けていると、駅員は戻ってきた。

「お医者呼んできた。安心しなさい」

駅員のあとから入ってきたのは、あの荒物屋兼料理人の、カンサカ族の老人だった。

「医者というのはあんたか」おれは悲鳴まじりに訊ねた。

「そうだよ」老人は手さげ袋の中からがちゃがちゃと錆《さ》びついた刃物をとり出しながら頷《うなず》いた。

こんな医者に手術されたのでは、まず命がない。

「手術は中止する」おれは大声でいった。「メラメラの子を産むことにする。医者はいらないよ。死ぬよりは、お産の方がましだ」

「もの好きな人だなあ」と、駅員があきれていった。「どうして産む方がいいんだい。手術して卵を抜いちまった方がすっきりするよ」

「いや。おれはメラメラが大好きなんだ」おれは懸命になって弁解した。「だからメラメラを産むことにする」

「地球人の心理はわからんよ。まったく」印刷屋が、ゆっくりとかぶりを振りながらそういった。「じゃあ、とにかく離れへ寝かせてやろう」

おれは横たわったまま机ごと四人にかつぎあげられ、裏口から庭へ、庭から小さな離れ家へと運び込まれた。机があちこちにぶつかるたびにおれは激痛に見舞われ、夜の鴉《からす》のような悲鳴をあげた。最後に、机が固い石だたみの床の上へ、乱暴にごとんと置かれた時、おれは頭の中に、火花を散らしてぎゃあと叫んだ。そのまま眼の前がまっ暗になった。

次に気がついた時、あたりはやっぱりまっ暗だった。いつの間にか夜になってしまったらしい。上着のポケットをさぐり、原子燃料ライターを出して火をつけると、枕もとに石油燃料らしいランプが置いてあったのでそれに灯を入れた。明るくなった室内を見まわすと、離れとは名ばかりの小さな石室である。天井の近くに小さな四角い窓がひとつあるだけで、どう見ても人間の住む部屋ではない。物置きだ。空気はさすがに冷えびえとしていた。

おれの腹の痛みはもうすっかりなくなっていたが、大便を催した時のように、やけに下腹が突っぱっている。あの印刷屋の話によれば、おれがメラメラを産むのは今夜だそうだから、お産にそなえてズボンだけ脱いでおくことにした。ズボンの中へメラメラの子を産み落しては大変だからである。

寒いのを我慢して下半身まる出しにし、印刷屋がおいて行ってくれたぼろぼろの毛布を被《かぶ》ってまた机の上に横たわり、陣痛のやってくるのを今か今かと待っているうちに、やがて腹がごろごろと鳴り出した。

突然、おれは排泄《はいせつ》時の快感と疼痛《とうつう》に襲われた。あっという間もなく、相当大きな固形物がおれの直腸から肛門《こうもん》を通過してごろりと机の上にころがり出た。

上半身を起し、おれは自分の股《また》ぐらに転がっているその物体をつくづくと眺めた。それは直径が約一〇センチほどもある黒い球だった。おそるおそる指さきをつき出し、その球面にちょいと触れてみようとした。

その途端、突如として球が数千匹の微小なメラメラの子に分裂したのである。彼らは文字通り、クモの子を散らすように、ぱっと十六方へとび散った。

「わっ」

おれは肝をつぶして、机の上でとびあがった。轟々《ごうごう》と音を立てて顔から血の気がひいた。黒い球と見えたのは、数千匹の小さなメラメラの塊りだったのである。彼らはすごい速さで放射状に散開し、あるものは床を走り、あるものは四方の壁をかけのぼった。

おれは恐怖のために、今にも発狂しそうだった。

「こいつら。出て行け。畜生」おれは自分の産み落としたいまいましいメラメラどもを、毛布をふるってはらいのけ、叩きつぶし、追いまわした。

小一時間の悪戦苦闘の末、やっと部屋から一匹残らずメラメラを追い出し、おれはふたたび机の上にぐったりと横たわった。眼がちかちかした。眼を閉じると瞼《まぶた》の裏を幾万幾億匹ものメラメラが走りまわっていた。肛門が開きっぱなしのような感じがして気持が悪く、くたくたに疲れているくせになかなか眠れない。それでもいつの間にかうとうとしはじめた。

だが、もちろん夢魔に襲われた。その夢魔はもちろん、メラメラの形をしていた。数万数億匹のメラメラが、おれの身体を喰い荒らした。おれは呻き、身もだえた。やがて、びっくりして眼を醒《さ》ました。わけのわからぬ驚愕《きょうがく》夢という奴だ。

身体中が虫に嚙《か》まれていた。泣き声をあげながら灯をともし、机の上に立ちあがって部屋を見まわした。部屋の中はまっ黒だった。床といわず壁といわず天井といわず、また机の上といわず、蟻のような黒い虫がぎっしりとひしめきあい、這《は》いまわっている。その虫の動きまわり身体を触れあわせる音が、風にそよいでいる草の葉のようにざわざわと不気味に響いていた。

「なんだこれは」

おれはふたたび毛布をふるい、やけくそになってわめきながら彼らを退治にかかった。殺しても殺しても、彼らは天井近くの例の小窓から侵入してきた。

やっとのことで大虐殺が終った時は、すでに夜は明けていて、床の隅には虫の死骸《しがい》で小山ができていた。

三たび横になり、今度はぐっすり眠った。

次に眼がさめた時はもう昼過ぎだった。車の修理は終っているにちがいない。

俺はあわててとび起き、ズボンを穿《は》いて裏庭に駆け出た。車の横に印刷屋が立っていて、おれを見るとやあと声をかけた。

「昨夜は寝られなかっただろ」と、彼は訊ねた。

「寝られなかった」おれはうなずきながら彼に近づいた。「メラメラを産んだと思ったら、お次は虫の大群だ。眠れないどころの騒ぎじゃなかった。あの虫はいったい何だ」

「あれはタンブラマという虫で、いつもこの季節には裏山からおりてきて東の方へ移動する。毎年この村を通過するんだ」

「やれやれ、もう少しで食われるところだったよ」

「食われた奴もいるよ」と、彼はいった。「奴らは飢えているから、やわらかいものは何でも食う」

「ひどい目にあった」と、おれはいった。「ところで、車の修理はもうできたか」

「修理どころの騒ぎじゃない。これを見てくれ」印刷屋は車の車輪を指した。

タイヤがなくなっていた。

おれはとびあがった。「だ、誰だだれだ。タイヤをとった奴は」

「犯人はタンブラマだ」と、印刷屋はいった。「奴ら、タイヤをひとかけらも残さず食って行きやがった」

「これじゃ、使いものにならないよ」おれは地べたへしゃがみ込んだ。「予備のタイヤなんて、置いてないだろうな」

「よく知ってるね。ないよ」印刷屋はそっ気なくそう答えた。

おれはげっそりして、泣く気も起らなかった。「他に乗りものはないだろうね」しぜんに哀れっぽい声が出た。「そんなものは、きっとないんだろうねえ」

こうなってくると理屈抜きで汽車さえ永遠にやって来ないのではないかと思いはじめ、はたして自分が地球へ戻れるのかどうか、いや、この村を出ることができるのかどうかさえ疑わしいというような感情に襲われ出し、おれは焦りはじめた。

「そうだなあ」印刷屋はしばらく考えこんでいたが、やがて顔をあげた。「うん。そうだ。ないこともないよ」

「それは何だ」おれは弾《はじ》かれたように立ちあがった。「何だ。その乗りものというのは、なんだ何だ」

「見せてやるよ。こっちだ」

彼はおれの先に立ち、小道伝いに裏山へ登りはじめた。おれは何だなんだといい続けながら彼のあとを追った。

「どうしてそんなに帰りを急ぐのかねえ。もっとのんびりして、汽車を待てばいいのに」印刷屋は斜面を登りながら、ふり返ってそういった。

「汽車なんか来るもんか」おれは吐き捨てるようにいった。それは今や、確信に近かった。昨日からの経験が、おれにそう思い込ませずにはおかなかったのである。「あんなもの、あてにできないよ」

「なあに。いつかは来るさ」

「そんなにのんびり待ってはいられないよ。おれはいそぐんだ。早く地球に帰りたい」

「地球というのは、よほどいいところらしいね」彼は冷やかすような調子で言った。

「いったい地球に、何があるんだね」

「女が待っている」と、おれは答えた。「恋びとだ」

「女なら、この村にもいるよ」

「どんな女だい」

「あんたも見ただろ。おれを手伝っていた若い女だ」

「あっ。あいつは女だったのか」作業着を着ていたのでわからなかったのだ。顔だけでは他のヨビ族と区別がつかない。

「じゃああれは、あんたの奥さんか」

「そうじゃない。ヨビ族の女性は、この村では彼女ひとりだからね。村民全員の情婦さ。他に女といえば、あの荒物屋の女房がいるが、もう婆さんだ」

「おれは地球人だからね」と、おれはいった。「やっぱり地球の女がいいよ」

「女なら、みな同じだと思うんだがなあ」印刷屋はゆっくりとかぶりを振った。「あんたを待っているというその女だって、あんたが地球に戻るまでには他の男に奪《と》られてしまってるよ。きっと」

「そんなことはどうでもいい」おれは叫ぶようにいった。「乗りものというのは、どこにあるんだ」

「ここだよ」

斜面の木立を抜け出ると、山の中腹に平坦《へいたん》な広場があった。その広場の隅には木を組みあわせて骨骼《こっかく》を作り、獣皮を貼りつけた、飛行機ともグライダーともつかないものが置かれている。

「これは何だい」おれはあっけにとられ、ぼんやりと訊ねた。

「見ればわかるだろ。飛行機さ」

「誰が作った。飛ぶのか」

「試験飛行はおれがやったよ。作ったのもおれだ」

「動力はなんだい」

「焼玉機関だ」

そんな原動機は聞いたことがない。

「燃料は何だい」

「重油だよ。小さいけど、馬力はでかいしよく飛ぶよ。ちょっと振動が大きくて、始動逆転がむずかしいけどね」

頭部がでかく、プロペラのすぐうしろのエンジン部分の上には小さな煙突が空に向かって突き出ていた。主翼は複葉で、操縦席は尾翼の近くにある。

「だって、操縦できないよ」おれは尻ごみした。

「教えてやる。簡単だよ。これが始動装置。これが操縦桿《そうじゅうかん》」印刷屋はややこしい操縦装置のひとつひとつを指して、わかりやすく丁寧に教えてくれた。

「親切に教えてもらったくせに、こんなことをいうのはまことに悪いが」おれはおずおずといった。「おれにはどうも、こいつがテンクマまで飛ぶとは思えないんだがね」

彼は怒りもせず、静かにおれに向き直って答えた。「操縦してみなきゃ、わからないだろ。おれは飛ばない飛行機なんてナンセンスなものは作らないよ」

「そうかい」おれはしかたなしにいった。「じゃあ、ちょっと試運転してみよう」

操縦席に入ると意外に坐《すわ》り心地はよかった。荷物を置く空間も充分ある。

「まず、始動ボタンだ」と、印刷屋がいった。

おれは教わった通りにボタンを押し、木製T字型のハンドルをまわし、ペダルを踏んだ。機体ががたがたと揺れ動き、前の煙突からぱんぱんぱんと音を立てて煙の輪が出はじめた。と同時にプロペラがまわり始め、機体はゆっくりと前進を開始した。

「操縦桿をひけ。ひき続けろ。力まかせにひくんだ」と、飛行機のうしろを全速力で追いかけながら、印刷屋が大声で叫んだ。

おれは操縦桿を手前にひき続けた。機体が宙に浮いた。

ぱんぱんぱんぱんぱんぱんぱん。

軽い爆発音を立てながら、焼玉飛行機は急角度で上昇した。空の青さが眼にしみた。蒼空の中へ、煙突から排気された薄く白い煙の輪が喜々としてとんでいった。

だが、どうやら離陸が遅かったようだ。眼の前に常緑樹の梢《こずえ》が迫ってきた。おれはびっくりして、さらに操縦桿をひいた。しかし、間にあわなかった。

ばさばさめりめりとすごい音がして、尾翼が梢の枝にひっかかった。原動機室と操縦席の間の、木骨組の継ぎ目の役を果たしていたらしい角パイプがぽんといってすっぽ抜け、その部分に貼られていた獣皮がばりべりぼりばりと音を立てて破れた。

あっという間もなく、機体は前半分と後半分に分裂した。おれの乗っている尾翼の部分は、樹の頂きにとり残され、主翼とエンジンのある前半分はそのまま天高く飛んでいった。

「ああ」

おれは茫然《ぼうぜん》とし、あいかわらずぱんぱんぱんと景気のいい音を立てながら、晴れ渡った蒼空に向かって吸い込まれるように飛んで行く調子のいい前半分を、恨みをこめて眺め続けた。そのままおれは、その姿が山のあなたの空遠く消えるまで見送っていた。

「大丈夫か」木の根かたから、印刷屋の声がとんできた。

「ああ、大丈夫だ」そう叫び返してからおれは苦心して操縦席を這い出し、枝から幹をつたって地上へおり立った。

「前半分だけ、飛んで行ってしまったな」印刷屋が気の毒そうにおれを見つめてそういった。

「ああ。飛んで行ってしまった」急に涙が出てきた。情けなさと腹立たしさがこみあげてきて、おれはしくしく泣きはじめた。「もう駄目だ。おれはきっと帰れないんだ。どんなにあがいても、この村から出ることはできないんだ。どうしてだか判らないが、そうなっているらしい。きっと帰れないんだ」おれはすすり泣きながらそういった。「きっとそうだ。そうに違いない。絶望だ」

「そんなに悲しむことはないさ」印刷屋は慰めるようにおれの肩を叩いていった。「さあ。とにかくおれの家へ行こう」

　おれたちはまた、例の印刷屋の仕事部屋に戻ってきた。部屋の中には、やはりヨビ族の女がいて、あいかわらず棒金具をやすっていた。それを見てまた侘《わび》しくなり、おれは矢もたてもたまらずわっと泣き出した。

「この村から出られないよ」号泣した。

「泣くと身体に悪いよ」と、印刷屋がいった。「悲しむほどのことじゃないだろう。この村にいたっていいじゃないか。どこにいたって同じだし、この村も住んで見れば悪くないよ」

「やめてくれ」おれは絶叫した。「こんな村のどこかいいんだ。地球には友人がいる。おれを待っているんだ」

「友人なんて、それこそあてにできないよ。昨日の友は今日の敵というだろう。もしどうしても友達がほしいんなら、おれが友達になってやってもいいよ」

「いやだ。いやだ」おれは身体をゆすっていった。「地球人の友達でなきゃいやだ」

「地球人にしろ、おれたちにしろ、あんたから見りゃ赤の他人の筈だぜ」

「地球にはおれの貯金がある。大金だ。銀行にあるんだ」

「金なんか、すぐなくなるよ。ここにいれば金など使わずに済む。だから儲ける必要もないんだよ。あんただって、金のために今までさんざ苦労した筈だぜ。だからここでは苦労しなくていいんだ。その金だって、あんたが帰るまでにはどうなってるかわからないよ」

「ここには映画がない。それにテレビがない」

「映画は博物館にあるじゃないか。テレビが見たいなら、おれがこの村で小さな局を作って番組を放送してやるよ。地球にあるもので、ここで作れないものはないんだからね」

「いや。駄目だだめだ」おれは泣きわめいた。「地球はおれの故郷なんだ」

「ここを故郷と思えばいいさ」

「こんなところが、故郷であってたまるもんか」そういってから、おれはふと泣きやんだ。改めて印刷屋の顔をまじまじと眺め、やがて、おそるおそる訊ねた。「ひょっとすると、あんたたちも他所《よそ》からやってきて、この村から出られなくなってしまったんじゃないのかい」

「そういえば、そんなような気もする」印刷屋はうなずいた。「他の連中も、みんな他所から来た連中だな。たしか、この村へやって来た奴で、出て行った者はひとりもいないよ」

　おれはぞっとした。

「やっぱりそうか。すると、いくらこの村を出ようとしても駄目なわけだな。おれは一生、このせまい村から外へは出られないわけか」

「それでもいいじゃないか」と、印刷屋はいった。「どうせ誰だって、いつのまにか不本意ながら自分自身で作ってしまった環境から脱出しようとして、脱出できないままにどうどうめぐりをやっているんだ。人間というものはそういう風にできてるんだよ。外へ出ようとする空しい努力を続けて一生を終るよりは、たとえ満足できるものでなくても、自分の境遇の中でのんびり暮した方がいいんじゃないかね」

絶望がおれの胸を満たした。また、わっと泣き出してしまった。そのままいつまでも泣き続けた。あまり大声で泣いたものだから、郵便屋と荒物屋がびっくりしてやってきた。

「どうかしたのかね」

印刷屋は首をすくめて、彼らにいった。「帰れないといって泣いてるんだ」

「慰めてやろうか」と、郵便屋がいった。

「どうすればいいんだい」

「地球の人間は、笑うと機嫌がなおるんだ。だからこれから笑わせてやろうじゃないか」

「なるほど。よし。笑わせてやろう」

「そうしよう」

笑わせてやろうというんだから、何か面白いことをして見せてくれるか、あるいは馬鹿話でも聞かせてくれるのかと思っていたら、皆で寄ってたかっておれの身体をくすぐり始めたのにはびっくりした。これでは誰だって笑う。

「や、やめてくれ」

おれがくすぐったいので身をよじって笑うと、そら機嫌がなおったなおったといって大喜びだ。あまりの馬鹿馬鹿しさに怒ることもできず、おれは腑抜《ふぬ》けのようにその場に腰をおろし、頭をかかえこんだ。

かすかに、汽笛が聞こえた。

「空耳かな」おれははっとして耳をそば立て、顔をあげた。「いや。きっと空耳だ」

今度ははっきりと、汽笛が聞こえた。

「汽車だ」おれはおどりあがった。「汽車が来た」

「よかったな」印刷屋がうなずいてそういった。

「よかったよかった」と、皆がうなずいた。

世話になった礼もそこそこに、おれは印刷屋をとび出して駅へ駆けつけた。

荷物を背負ってプラットホームへ昇ると駅員が白い旗を持って立っていた。

おれは彼にいった。「切符は乗ってから買うよ」

それを聞くと駅員は、ほっとしたように答えた。「ああ、そうしてくれ」

やがて積木細工のような客車を一台だけひっぱって、がたがたの旧式機関車が駅に入ってきた。乗り込むと、乗客はおれだけだった。窓ぎわのシートに腰を落ちつけた。

泣くほどのことはなかったな——さっきの自分の醜態を思い出し、おれは恥ずかしさと安堵《あんど》と喜びで、げらげら笑い出した。きっと、早く地球へ帰りたくて焦っていたために、ちょっとしたことを誇大に考え、おかしな妄想にとりつかれたのだ、そうに違いない——おれはそう思った。何も心配することはなかったのである。

駅員がプラットホームでものうげに白い旗を振った。汽車はヒストレスヴィラ駅を発車した。

左手にひろびろとうちひろげた草原を見て、右手にそびえる岩山の麓を汽車は走りはじめた。

疲労と安堵から、おれは窓枠に顔をのせて居眠りをした。

どれほど眠ったのかよくわからない。眼ざめた時は夕方に近い時刻だった。窓外の景色はあいかわらず草原と岩山である。

汽車が徐行を始めた。どこかの駅に着くらしい。おれは窓から身をのり出して行く手を眺めた。彼方《かなた》から、小さな駅が近づいてきた。どこかで見たような駅だな——そう思って眼をこらし、おれは愕然《がくぜん》とした。

ヒストレスヴィラの駅だった。

あの駅員が、ものうげにプラットホームで白い旗を振っていた。

環状線

「輝ける青春」などというが、その青春というものには、だいたいにおいて金がない。おれもそうだ。金がなくてはこの世は闇だ。だからこの言葉は矛盾している。

しかし中には、金を持っている若い奴がいて、こういう奴を恋敵《ライバル》にした場合は悲劇である。おれの場合がそうである。

「そりゃあ、おれには金はない」と、おれは彼女にいった。「地位もない。しかし君が好きだ。愛している。たのむ。あんな奴とは結婚しないでくれ。あいつは豚だ。親の遺産を継いだから金持ちになったというだけの、ぐうたらのなまけ者だ。あれは河馬だ白痴だ。おれは君が、あんな奴と結婚すると考えただけで気が変になる」

「やめて。もう、おそいわ」彼女はおれの胸の中で、ずっと泣き続けていた。三時間も前からだ。

「いくらいっても無駄よ。そう。あいつは豚よ。河馬よ白痴よ。でも、あなたとは結婚できないの。今のあなたには、わたしの両親を養うことができないじゃないの。それが、あの男ならできるのよ」

「もう少しだけ、待ってくれ」おれは彼女をかきくどいた。「今のおれは、ただの数学者の卵だ。だが、もうすぐ助教授になれるんだ。そうとも。おれにはそのあてがある。そうなれば君の両親の面倒も見てあげられる。もっとさきでは、教授にもなれるんだ」

「だめよ。それじゃ遅いのよ」彼女はおいおい泣いた。美しく澄んだ彼女の瞳《ひとみ》も、今は充血してまっ赤だ。

「ああ」彼女は激情的に身をよじった。「わたし、からだがふたつほしい」

「からだがふたつだって」おれは、ちょっと彼女の肩を引きはなし、その赤い眼をのぞきこんだ。「ふん。なるほど。そのとおりだ。君がふたりできたら、何もかも解決する。ひとりはおれと結婚する。そうだ。そしてもうひとりの君は、その豚と結婚する」

彼女は気味悪そうに、身を遠ざけた。「いやねえ。そんなこと、できるわけないじゃないの。気はたしか。しっかりしてよ」

おれは真顔でいった。「でも、やってみなけりゃわからないよ」

彼女はまた、わっと泣き出した。とうとうおれの気が違ったと思ったのだろう。泣きながら帰っていった。

おれはすぐ、薄ぎたない下宿の机の上にセクション・ペーパーをひろげた。

彼女の結婚式は一週間のちである。それまでになんとか結論を出さなければいけない。寝ることも、飲み食いも忘れ、おれはグラフと数式の渦に身を投げた。

六日ののち、やっと結論が出たので、おれは電話で彼女を呼びよせた。

「どうかしたの」彼女はすぐ、やってきた。

「これを見てくれ」おれは彼女に、グラフと数式をごちゃごちゃと書きこんだセクション・ペーパーをひろげて見せた。

「何がなんだか、さっぱりわからないわ」

「これはおれの専攻している位相幾何学の方程式のひとつだ。座標は四つある。$\boldsymbol{x}$軸と$\boldsymbol{y}$軸と$\boldsymbol{z}$軸と$\boldsymbol{t}$軸だ。$\boldsymbol{x}$、$\boldsymbol{y}$、$\boldsymbol{z}$は三次元空間をあらわし、$\boldsymbol{t}$は時間をあらわしている。これを数式であらわすと、

$$\alpha = \iint \alpha f(x) g(y) k(z) [h(t)] dt$$

となる。この、最初のαというのは君だ。このαを移項すると最後に2αとなる。つまりこの2αは、君がふたりになったということなんだ。うまくいくかどうかわからん。しかしおれの結論さえ正しければ、君は異次元空間からの分身を得られるはずだ。この数式を図であらわすと、こういうグラフの連続になる」おれは彼女に、そのグラフを指さした。

「どこかで見たような恰好《かっこう》ね」

「そうだろうとも。毎日見てるかもしれない。これは都心部の国電の地図と同じ形なんだ。だから、ある一定の時間内に、この数式どおりに山手線《やまのて》と中央線《ちゅうおう》の上を移動することによって、多元効果があらわれる。つまり、君がふたりできるってわけだ」

「信じられないわ」

「信じなくっていいさ。だが実験してみる価値はあるだろう」

「どうすればいいの」

「まず君は、東京駅《とうきょう》から上野《うえの》方面行きの山手線に乗り、一度も乗り換えずに東京駅までくる。東京駅を素通りして神田《かんだ》駅で中央線に乗りかえて代々木《よよぎ》駅へ出、また乗りかえて今度は山手線で逆に上野方面をまわって秋葉原《あきはばら》駅へ出る。秋葉原で乗りかえて御茶《おちゃ》ノ水《みず》へ出、そこで引き返して神田を通り東京へ帰ってくる」

「すると、どうなるの」

「君がふたりできる。つまり、御茶ノ水からきた電車と、秋葉原からきた電車の両方から、君がおりてくるんだ」

「ほんとかしら」

「君が時間と、乗り換え駅を間違えさえしなけりゃね。さあ、東京駅へ行こう。今すぐに」

昼すぎの東京駅中央線ホームで、おれはいら立ちながら彼女を待った。もうすぐ彼女を乗せた御茶ノ水からの電車が入ってくるはずだった。おれは何度も時計を見あげ、腕時計と見くらべた。そのうち、おれはふと、えらいことに気がついた。

もし彼女がふたりになったら、おれはそのうちのどちらを選べばいいのだろう。それに、うぬぼれるわけじゃないが、どうせ彼女たちはふたりとも、おれと結婚したがるにきまっている。大変だたいへんだ。決めようがない。どうやって決める。ジャンケンさせてみたって問題の解決にはならない、それにだいいち、同じ人間同士ジャンケンをして勝負になるのかどうか疑問だ。

死ぬほど悩んでいるうちに、御茶ノ水からの電車が入ってきた。まん中へんの車輛から彼女がおりてきて、おれに駆けよった。

「どう、うまくいって」

「まだわからん。さあ、あっちのホームへ行ってみよう」

おれは彼女といっしょに、となりの外まわり線ホームへ行った。ちょうど山手線の、秋葉原からきた電車が入ったところだった。人の流れにさからってホームの中ほどまできたとき、おれたちはそこに立っているもうひとりの彼女を見つけた。

ふたりの女——といっても、もともとはひとりの、同じ女なのだが——は、敵意に満ちた眼つきでお互いを見つめあった。それはそうだろう。考えてみれば彼女たちは恋敵《ライバル》同士なのだから。

新しい彼女——つまり彼女をAとすると、A′の彼女——が立っている背後には、線路をひとつへだてて、逆まわりの山手線の電車が入っていた。その電車が発車したとき、おれはとびあがるほどびっくりした。

そのプラットホームには、さらにもうひとりの彼女――つまりA″の彼女が、こっちを向いて立っていたのである。

これはいったいどうしたことだ――おれは混乱した。向かいあわせた三面鏡の間に立っているような気持である。

彼女A″は、とり残されるのを恐れるかのように、あわててこっちのホームへやってきた。合計三人の女は、途方にくれているおれのまわりをとりまいてわめき出した。

「いったい、これはどういうわけ」

「ひとり多いじゃないの」

「どうしてくれるのよ」

「ちょっと待ってくれ」おれはうろたえた。「不思議だ。おれの計算にまちがいはないはずだが――。君たちは、いや、君は、たしかにおれのいった通りに行動したんだろうな」

「あっ、そういえば代々木で、上野方面へ行くところを、まちがえて品川《しながわ》方面行きに乗っちゃったわ。あわてて原宿《はらじゅく》でおりて引っ返したけど……」

「それでわかったぞ。つまり君はまちがえて原宿へ行った君だし、また君は、秋葉原から御茶ノ水をまわってきた君だ。それから君は、秋葉原からまっすぐにきた君なんだ」

おれたち四人は、しばし茫然《ぼうぜん》としてそこに立ちすくんだ。

「じゃあ、誰があなたと結婚するの」

「誰があの男と結婚するの」

「わたし、あの男と結婚するのはいやよ」

「残されて余計者にもなりたくないわ」

「わたしだってそうよ」

「いったい、どうしてくれるの」

「どうしてくれるの」

三人の女が泣き叫びはじめた。ほっとけば、三つ巴《どもえ》のつかみあいが始まるにきまっている。おまけに人だかりがしはじめた。

「わたしたち、なぶりものにされたんだわ、この人に」

おれは走り出した。ちょうどホームに入ってきた電車に、おれはとび乗った。

もちろん、三人の女はおれを追ってきた。逃げると思ったらしい。だが、うまい具合に彼女たちの眼の前で、ドアがぴしゃりと閉まった。ドアを叩《たた》き彼女たちはわめきたてた。

「ねえ。どこへ行くつもり」

おれは電車の窓から首を出して答えた。「おれをふやしてくるんだ」

窓の外の戦争

「あら。わりといい家じゃないの」新妻は明るい声で六畳の間に立ち、やや流行おくれのロングスカートの裾《すそ》をぱっとひるがえして、新築の家の中を見まわした。

「糸へん景気でもなきゃ、とても買えなかったろうな」と、GI刈りの若い夫がいった。

「若い三等重役には、まずまずふさわしい家だわ。この六畳を茶の間にしましょうよ」

妻は若い夫にしなだれかかった。

「ねえ、あなた、しあわせ」

「ああ。とても」夫は妻を抱き返し、彼女の額に軽くキスした。

「ヤンキー・ゴー・ホーム」

窓の外で、だしぬけに罵声《ばせい》があがった。

「アメ公帰れ」

群衆の喚声とともに、プラカードの列が急に乱れはじめた。

「何でしょう」妻はびっくりして、窓の外を眺めた。

「そうか。今日は五月一日だったな」夫は眼を輝かせ、窓越しにデモを眺めた。「あれは統一メーデーだ」

「ねえ。あんなものに、あなた行く」妻が心配そうに訊《たず》ねた。

「そうだな」夫は首を傾げていった「ほんとは、参加しなきゃいけないんだろうが……」

「行かないで」妻は夫の腕をしっかり握った。「行っちゃいやよ」

窓のすぐ傍では、数千人の警官と、都学連など数千人のデモ隊が、はげしく衝突し、戦っていた。

「これは米軍の車だ。引っくりかえせ」

「そこの外人をやっちまえ」

ひっくり返された外車は燃えはじめた。

窓外の騒ぎをよそに、六畳の茶の間では若い夫と妻が夕食をはじめた。

「おい。これ、まさか黄変米じゃないだろうな」

「だいじょうぶ。人造米よ、これは。ねえ。『第三の男』って映画、すごくいいんだって。つれてってよ」

「ＮＨＫユーモア劇場は、今回をもちまして終了いたします」と、ラジオがいった。

その時、窓ガラスを破って、部屋の中へ、火炎ビンの破片がとびこんできた。窓の外はすでに夜だったが、怒鳴り声や悲鳴があがっていた。

駅前の交番が燃えていた。

夫は気づかわしげに、外を見た。

「いやよ。こっちを見て」と、妻があわてて夫にいった。「ねえ。この雑誌見て。これ、チューリップ・ラインっていうの。ディオールよ。ほしいわ。買ってえ」

保安隊と名を変えた警察予備隊が、窓外を行進して行った。軍靴の音が高鳴った。

「すごい金づまりだ」夫が頭をかかえこんだ。「糸へん、金へんが大暴落だ。三十八度線の休戦会談が始まったせいだ。くそ。もっと続いてくれりゃあ、よかったのに」

窓の外で砲弾が炸裂《さくれつ》した。米軍兵士と、北鮮軍の兵士が、自動小銃を撃ちあい、手榴《しゅりゅう》弾《だん》を投げあっていた。

ちら、と窓外を見て、妻がいった。「でも、まだやってるじゃないの」

「あれは小ぜり合いだ」

「ねえ。あなた」妻がもじもじして、夫にいった。

「赤ちゃんができたらしいの」

「あじゃあ」

「ねえ。テレビ買ってよ。お隣りも買ったのよ」

「もう少し待て」夫が不機嫌にいった。「休戦協定が調印された。どんづまりだ」

「今度はショート・スカートが流行よ」

「あんなもの、はくつもりか。そんなにでかい腹をして……。まあいい。少し景気がよくなってきたから買ってやろう」

窓の横の壁ぎわには、ま新しいテレビが置かれた。スクリーンの中では、ミス・ユニバース・コンテスト日本代表の予選が行なわれていた。候補者の中には伊東絹子《いとうきぬこ》の姿も見えた。

夫婦は眼を皿のようにして画面に見入っていた。

「八頭身ってどういうことだ」と、夫が訊ねた。

赤ん坊を抱いた妻がいった。「この人たちみたいなスタイルのことよ」

窓の外の景色が、海に変った。

日本の漁船が韓国の漁船に銃撃され、あわてふためいて逃げていた。

夜になった。海が荒れはじめた。波にもまれながら洞爺《とうや》丸が出てきて、ぶくぶく沈みはじめた。

「ねえ。マネー・ビルをやりましょうよ。もはや戦後でないのよ」と、妻が夫にいった。

「あなたも、もう係長じゃないんだし」

「いや。おれはボディ・ビルをやる」と、夫はいった。「だいぶ肥《ふと》ってきた」

「神武景気なんだから、今がチャンスよ」

窓の外では、また流血騒ぎが起っていた。基地測量班と地元民と、警官隊が乱闘していた。

テレビのスクリーンでは浜村美智子《はまむらみちこ》が、バナナボート・カリプソを歌った。

次にイベット・ジローが出てきて、歌いはじめた。

「アナ咲くコキャゲで、あのイのウタリは……」

「やあな感じ」六歳になった女の児《こ》がそういった。

「そんな言葉、使っちゃいけません」と、母親は睨《にら》みつけた。

「黒人を入学させるな」と、窓の外で白人の大学生が叫んだ。「黒んぼをたたき出せ」

「ねえ。お隣りもお向かいも車を買ったわ」と妻がいった。

「うちはいつ買うの」

「ふうん。岩戸景気だなあ」夫はいった。「来月買おうか」

テレビが猛烈なロカビリーを始めた。

「チャンネルを変えろ」夫が顔をしかめた。

テレビの画面は皇太子御成婚のニュースに切り替えられた。

窓の外で絶叫しているカストロの声が、部屋の中へも途切れとぎれに聞こえてきたが、夫婦と今年小学校に入った娘とは、テレビに夢中だった。

窓ガラスの彼方《かなた》では、新安保条約批准阻止のデモが行なわれていた。やがて全学連のデモ隊と警視庁機動隊がはげしくぶつかりあい、乱闘になった。

警官隊は逃げる学生や、その他の参加者に警棒をふるいはじめた。悲鳴、絶叫、怒号が高まった。

　頭の禿《は》げあがりはじめた夫は、しかし、その騒ぎにはもはや全然無関心だった。

　玄関のドアが開き、血にまみれた東大の女子学生がよろめきながら逃げこんできた。彼女を追って、数名の警官が茶の間へなだれこんできた。

　妻は迷惑そうに顔をしかめ、夫は眼をそむけた。彼は見て見ぬふりをしようと努めていた。八歳になる娘だけが、眼を丸くしてこのありさまを眺め続けた。

　茶の間の隅で、女子学生はばったり倒れた。警官たちは彼女に躍りかかった。彼女の身体の上に警官たちが積み重なった。

　圧死した彼女の屍体《したい》を、警官たちが運び去ってしまってから、娘は母親に訊ねた。「ねえママ。あれは何だったの？」

「なんでもないのよ。なんでもないの」彼女は夫に同意を求めた。「ねえ、あなた」

「うん」父親は娘にうなずいて見せた。「なんでもないんだ」

「ギャッ」窓の外で、代議士の河上丈太郎《かわかみじようたろう》が肩を刺されていた。

「ギャッ」岸信介《きしのぶすけ》が刺された。

「ギャッ」浅沼稲次郎《あさぬまいねじろう》が刺された。

「ねえ。ダッコちゃん買ってえ」と、娘が母親にねだった。

　テレビの中では守屋浩《もりやひろし》が歌い出した。

「ああ有難や有難やああ有難や有難や」

「ポリコ（警官のこと）やっちまえ！」

「ポリコ殺せ。交番焼いちまえ」

日雇い労務者の大群が、窓の外を走って行った。

「やっと次長になった」と、夫は満足気にいった。

「次は部長さんね」妻が酒を注いでやりながらそういった。「ハッスルしてね。あなた」

「じろーり」と、十一歳の娘が野次った。

「いやな子ね」母親が叱った。

銃声が響いた。

「オー、ノー」ケネディ夫人の悲鳴がかすかに聞こえてきた。

親子三人は、テレビのオリンピック競技に見入っていた。

スクリーンでは体操競技が行なわれ、跳馬の山下《やました》選手が絶妙の技を見せた。アナウンサーが叫んだ。

「ウルトラC。マッタク見事デアリマス」

窓外の暗い海に、全日空機が墜落した。

「何か落ちたわ」と、娘がいった。それからまた、テレビに眼をやった。「大好きよ、三田明《みたあきら》って」

BOAC機が、窓のすぐ傍へ落ちた。

「また落ちたぞ」と、父親がいった。

間髪を入れず、その上へ全日空YS—11が墜落した。家が揺れた。

「どうなっとるんだ。いったい」

「ほんとにうるさいわねえ」と、母親もいった。「テレビが見られやしないわ」

「ねえ。ミニスカート買ってほしいわァ」娘が父親にしなだれかかった。

「おいおい。お前は中学生なんだぞ」父親は眼を細くしながらいった。

玄関から、ライフルを持ったベトコンが入ってきた。彼は窓ぎわにしゃがみ込んで、窓ガラスを一枚銃把で叩《たた》き割り、そこから外に向かって、バリバリとライフルを撃ちまくり始めた。

窓の外にいるアメリカ兵が、ばたばたと倒れた。

手榴弾がひとつ、ガラスを破って茶の間にとびこんできた。ベトコンはあわててそれを拾いあげ、外へ投げ返した。外で手榴弾が炸裂し、また数人のアメリカ兵が五体ばらばらになってとび散った。

「出て行け」怒った父親が、ベトコンの衿《えり》をつかんで玄関を指さした。「ここは平和な家庭だ。どこかへ行ってくれ」

ベトコンは首をすくめ、小さくなって外へ出て行った。自動小銃がわめいた。ベトコンが蜂の巣のように穴だらけになり、窓の外で棒のようにぶっ倒れた。

ゲデゲゲデゲデゲデゲデゲデ。

エレキ・ギターにあわせ、高校生の娘がモンキー・ダンスを踊りはじめた。

めた。

「やめなさい」と、母親がいった。

だが、娘は踊り続けた。娘のボーイ・フレンドがひとり、ふたりと、茶の間にふえ始めた。

「やめろ。やめんか。お前たち帰れ」と、父親がモヤシのような若者たちを叱った。

「ワメキちらさないでくれよ。ダディ」

「ノケゾっちゃうよなあ」

窓の外では、まだベトナム戦争が続いていた。

若者たちはいなくなったが、ひとりだけ、いつまでも娘とくっついているのがいた。

彼は鼻の頭をかいた。

「ぼかぁ、しあわせだなあ」

窓の外にキノコ雲が立った。

「お嫁においでよ」と、若者がいった。

「コマッちゃうな」と、娘がいった。

テレビ・スクリーンにあらわれたアナウンサーが喋《しゃべ》り始めた。

「中国が核弾頭ミサイルを誤射した模様であります。このため、国際情勢は悪化し、万一の場合は第三次世界大戦に……」

「しめた。また戦争かな。ヒヒヒヒ」父親がほくそ笑んだ。

「わたしたちには関係ないわ」娘がチャンネルを切り替えた。「メキシコ・オリンピックの宇宙中継を見ましょうよ」

窓の外に、黒い雨が降りはじめた。

「あなた。だいぶ髪がうすくなってきたわね」と、妻が夫を見てそういった。

「まだ、ここに少し残っている」夫はそういって、後頭部に手をやった。

ずるり――と、まるで鬘《かつら》をとったように、残りの毛が全部抜けた。

「しまった。全部抜けてしまった」

「あら、わたしの毛も抜け出したわ」妻があわてて髪に手をやった。彼女の頭も、たちまちつるっ禿げになった。

娘と若者の顔にも、黒いしみが拡がりはじめた。

窓の外のどこかで、ラジオが歌っていた。

「天国よいとこ一度はおいで。酒はうまいし姐《ねえ》ちゃんは綺麗《きれい》だ」

やがて四人は、畳の上にごろりと転がり、そのまま動かなくなってしまった。

窓の外に次つぎと立っていたキノコ雲も、すでに見えなくなっていた。テレビの画面は白く走査線を流し続けていたが、すぐにそれも消えた。

柱が曲り、屋根が傾きはじめた。四人の身体もどろどろと腐りはじめた。

父親の顔から、ことり、と眼鏡が落ちた。

娘の髑髏《どくろ》から、眼球がころんところげ落ち、腐りかけた畳の上を、ころころところがって行った。

部屋の中を走りまわっていたゴキブリの数が次第にふえ、そのからだが、だんだん大きくなっていった。

寒い星から帰ってこないスパイ

テレビや小説に出てくるスパイというのは、どうしてああ間抜けなのだろう。見ているといらいらしてくる。おれならもっと、うまくやるのになあ――いつもそう思う。

おれにはスパイの素質がある。だからあんなへまはやらない。ぜったいに、うまくやる自信があるのだ。餓鬼の頃は盗み食いがうまかったし、学生時代はカンニングのエキスパートだった。その上、ありとあらゆるスパイ小説を、それぞれ暗記してしまうくらいに精読したのだ。スパイをやれない筈《はず》がない。

ただ、残念ながら、おれのスパイとしての能力を誰も知らないものだから、誰もおれのところへスパイの仕事を持ってきてくれないのだ。だから当然、おれの隠れた才能を発揮することもできないのである。

かといって、まさか『スパイの御用はございませんか』などという広告など、出すことはできない。

最近はまたスパイ・ブームになってきて、マスコミはスパイスパイと大さわぎだが、おれのスパイ熱というのはブームになる前の、学生時代からのものなのだから、決して軽薄なものではない。その証拠に、大学ではバラバラ語を勉強した。バラバラという星は、以前から地球とは仲が悪く、最近でこそ表面的には平和が続き、観光団体の交流や文化の交流が行なわれているものの、政治経済の面ではまだまだ折りあいのつかない問題が多く残っている。だから当然そこには、ふたつの星にまたがってのスパイの暗躍などもあるわけで、バラバラ語を習得しておくことは、必ず将来、おれがスパイになった時の役にたつに違いなかったのである。

魚屋の伯父を手伝いながら夜学に通い、卒業してから義兄の万能万年筆の卸売会社に就職した。もちろん、そんな会社にいつまでもいるつもりはなかった。いつかはスパイになる気でいるから仕事もお座なりにやった。

ある日、マイクロ・テレ・ニュースを見ていると、宇宙政経情報社が、バラバラ語のできる人間を募集していたので、おれはとびあがって喜んだ。「しめた。チャンスだ」

この宇宙政経情報社は、内閣諜報《ちようほう》室やCIAから金を貰《もら》っている諜報機関だ。そんなことくらい、このおれにはすぐにわかる。だいたい、地球とバラバラ星とは交易していないのに、バラバラ語のできる者を募るということがそもそも、スパイを募集しているとしか思えないではないか。きっとそうだ。いや、そうにちがいない。

おれはすぐに義兄の会社をやめ、宇宙政経情報社に就職した。当然のことだが、入社試験は満点の成績だった。

その会社で、おれにあたえられたポストは、バラバラ星から送られてくる公刊資料や経済雑誌の切り抜き記事の翻訳だった。

最初おれは、何とかして、送られてくる資料の中に秘められている暗号を読みとろうとした。だが、一か月ののちにはあきらめて、やめてしまった。もちろん、そこに暗号が含まれていることはわかっていた。バラバラ星へ行って活躍している地球のスパイからの連絡がこの資料の中に、暗号として含まれているに違いないのである。だが何しろ、敵側のスパイにさえ解けないような暗号が、そんなに簡単にわかるわけはない。作っている奴はきっと、暗号のオーソリティに違いない――おれはそう判断した。そしてこの会社の、誰か他の奴がそれを解いているのだろう。

三か月たち、四か月たったが、おれはまだスパイらしい仕事をやらせてはもらえなかった。これは当然の話で、入社早々の人間をそんな重大な仕事に任命することは、大きな組織を持つ諜報機関のやることではない。

しかし、おれのような才能のあるスパイを、みすみす翻訳業に埋もらせておくのは、どう考えたって惜しいし、会社にとっても大きな損失である。なんとか早く、自分の能力を認めてもらわなければ――そう思ったので、おれはある日、さりげなく上役に話しかけた。

「ねえ部長。いちどバラバラ星へやらせていただけませんか。個人的な旅行ということでもいいのです。旅費は貯めてあるのです」

「なるほど。現地で勉強したいわけだね。君は有能だし、よくやってくれるし、個人で行かなくても、そのうち会社の用ができるだろう。機会を作ってあげるよ」

「ありがとうございます」おれは胸がわくわくした。

三週間ののち、その上役から呼ばれた。

「バラバラ星へ行く用ができたよ」

「本当ですか」おれの声は喜びにふるえた。「わたしを信じてくださったのですね。こんな嬉《うれ》しいことはありません」

「いや。そんな大袈裟《おおげさ》なものじゃない。二、三の雑誌社と情報交換の契約をしてくるだけでいいんだ」それから、わざとさりげない調子で彼はいった。「だけど、ゆっくりしてきていいんだよ。ボーナス代りだ」

ゆっくりしてこい——と、いうことは、もちろんその間に、情報の収集をしてこいということにちがいない。

「しっかりやってきます」と、おれはいった。「必ず、ご期待にそって見せます」

彼は苦笑した。「そんなに張り切るほどのことはないさ。誰にもできる仕事だ」

もちろん、新人なのだからそんなに複雑な仕事はやらせてもらえまい。しかし、他のスパイ以上の業績をあげなければ、才能を認めてもらえない。張り切るのがあたり前だ。

「経理で、旅費を貰ってきなさい」彼はそういって、おれに伝票をくれた。

「では、とりあえず私は、この会社を一応、やめさせていただきます」と、おれはいった。スパイが出発する前に所属機関を辞めるのは、徳川《とくがわ》時代から隠密《おんみつ》がやっていることで、これは何百年も前からの常識である。

「な、なぜ、やめるんだね」部長はびっくりして見せた。さすが部長だけあって名演技だ。

「いえ。遊び半分で行くのですから、一応やめさせてください。帰ってきたら、また復職します」と、おれは答えた。

「ふうん」部長は首をかしげて見せた。「まあいい、君の好きなようにやりたまえ。しかし、あまり長くは駄目だよ」

いそいで報告に戻れということだろう。おれはにやりと笑った。「わかっています」

その日、さっそく渡星申請書を出してきた。旅行目的という欄には、一般観光旅行と書いた。ただの観光旅行ではあやしまれる。

二日ののち、おれはバラバラ星行き大型宇宙船に乗り、地球中央宇宙空港を出発した。

快適な二日間の宇宙旅行を楽しんでから、おれはバラバラ星に到着した。この星は太陽から離れているために、たいそう寒い。バラバラ人というのは地球のクマに似ていて、全身が灰色の毛に覆われている。

タラップの上に立ち、おれは宇宙空港を見まわした。宇宙工学が発達しているらしく、発着場には、さまざまな形の宇宙船がいた。おれはさっそく、盗み撮りをすることにした。オーバー・コートのボタンに仕掛けたカメラを、そっと指さきで操作しようとした。注意力がカメラに集中していたため、足もとがお留守になっていたらしい。おれはタラップの階段を踏みはずした。

「しまった」

タラップをころがり落ち、前を降りていた地球観光団の数人の男女にぶつかり、彼らを巻きぞえにして一緒にころがり落ち、おれは発着場の砂の上にひっくり返った。

「何をする」

「いてててて」

大さわぎになり、バラバラ人のスチュアデスが数人、ばらばらと駆けよってきた。

「お怪我はありませんでしたか」ひとりが、毛むくじゃらの太い腕で、おれを抱き起してくれた。

「いや。大丈夫です。大丈夫です」

そういいながら立ちあがって、あたりを見まわし、おれはぎょっとして立ちすくんでしまった。

おれのスーツケースの蓋《ふた》が開き、中身が発着場の砂の上に散乱しているのである。しかもそれは、ほとんどがスパイ用の小道具なのである。盗聴機、小型録音機、弾丸《しゅりゅうだん》がうしろへとび出して、引き金をひいた人間の顔に穴をあける拳銃《けんじゅう》、腕時計型の手榴弾、ライター型の睡眠薬噴射器、万年筆型の時限爆弾等々である。おまけに、カメラを仕込んであったコートのボタンまでちぎれて、どこかへとんでいってしまっていた。

「もう駄目だ」

おれは眼を閉じて観念した。

何たる不覚——。到着早々、スパイであることがばれてしまったのである。きっと逮捕されるぞ——と、おれは思った。逮捕される。そうに違いない——。

だが、バラバラ人のスチュアデスは、にこにこ笑いながら、散らばった小道具を拾い集めて、スーツケースに入れてくれた。

「おもしろいおもちゃを、たくさんお持ちですのね」と、彼女はくすくす笑ってそういった。

「は、はあ」おれは冷汗をかきながらうなずいた。

さいわいスチュアデスにも、他の観光客にも気づかれなかった様子なので、おれはほっとした。

税関でも、スーツケースを調べられた。さっきスチュアデスに教わったとおり、これはぜんぶおもちゃですというと、あっさり通してくれた。

宇宙空港からホテルに直行し、おれはひとまず旅の疲れを、シャワーで洗い落とした。

服を着換え、スパイ用装備で身を固めて町に出た。

このバラバラ星では、安い値段で簡単にミニ・カーを買うことができる。面倒な手続きもいらない。おれはミニ・カー販売店へ行って一台の車を買った。これを乗りまわし、あちこちで情報の収集をやるのだ。

その日は車に乗って町のあちこちに行き、公共施設や、建造中の橋や、鉄道の駅や、工場などをカメラで撮りまくった。

バラバラ語の才能を充分生かして、そのへんにいるバラバラ人に話しかけ、先方が迷惑そうな顔をするのもお構いなしに、根掘り葉掘り質問の雨を降らせた。

日が暮れかかり、腹がすいてきたので、おれは町でいちばん上等だというデラックスなレストランに車を乗りつけた。一流のスパイは五感が発達しているから、当然味覚も鋭敏だ。だから上等の料理を食べることになっている。このレストランでは、地球人向きの料理も作っていた。

レストランの中は豪華で、客もみな上品だし、料理も最上級のものだった。

舌鼓をうちながらも、おれは周囲の客の様子に、ずっと注意を向けていた。一流のスパイは、食事中といえども油断をしてはいけない。絶えずあたりに眼を配っていることが必要である。

そこへ、高級将校らしいバラバラ人の軍人が、三人入ってきた。彼らはおれのすぐ傍らのテーブルにつき、大声で談笑しながら食事をはじめた。こういう連中はフィルムに収めておいた方がいい。おれはタバコに火をつけるふりをして、ライターをとり出した。

このライターには、ボタンが三つついている。ひとつはもちろん、タバコに火をつけるボタン。もうひとつは、敵の目をくらませたり、暗闇で写真撮影する時のための照明弾を打ちあげるボタン。最後のひとつは、ライターに内蔵されたカメラのシャッター・ボタンである。おれはライターのレンズをさり気なく軍人たちに向けて、ボタンを押した。

ところが、押すボタンをまちがえた。照明弾を打ちあげるボタンを押してしまったのだ。

ずばっ。

ぼん。

照明弾は天井に当たって砕け散った。たちまち昼間のように明るくなった店内を、赤、白、黄、三色の火花と閃光《せんこう》が、しゅるしゅる音を立ててとびかい始めた。シャンデリアの周囲を人工衛星みたいにぐるぐるまわり出す奴、ねずみ花火みたいに床を這《は》っていって、貴婦人のスカートの中へとびこむ奴、バックバーまでとんで行って酒瓶をたたき落とす奴、客の襟首から背中へとびこむ奴、たちまち店の中は、上を下への大さわぎになった。

地球人とちがって、バラバラ人たちは全身にやわらかい体毛が密生しているから、どこへ火花がくっついてもすぐにぱっと燃え出して大やけどをする。なごやかで静かな快い雰囲気に包まれていたレストランは、一瞬にして阿鼻叫喚《あびきようかん》の巷《ちまた》と化してしまった。

「あちちちちちち」

「水をくれ。水をくれ」

尻《しり》から火を吐いてとびあがる男、頭に火がついて踊り出す女、卒倒する紳士、火がついた着物を脱ぎはじめる貴婦人、蜂の巣を突っついたような騒ぎだ。

さいわい誰も、おれが騒ぎを起した犯人だとは気がつかなかったようである。おれはこそこそとレストランを抜け出し、ホテルへ逃げ戻った。

ミニ・カーをホテルの駐車場に置き、自分の部屋へ戻ってくると、いつ入ったのか、ベッドの上に昼間のスチュアデスが、服を脱いで裸になり、寝そべっていた。

「な、何しにきた」と、おれは叫んだ。

「あら。怒鳴ることないでしょ」彼女は笑っていった。「落とし物を持ってきてあげたのよ」そういって、指さきにつまんだボタンを、おれの方へつき出した。

空港で落とした、小型カメラを内蔵したボタンである。

この女、様子をさぐりに来たな——おれはそう思い、彼女に近づいてボタンをひったくった。

「もういい。出て行ってくれ」

「まあ。お礼をいってくれないの」彼女は挑発的に、ベッドの上で身をくねらせた。

いくら美人のスチュアデスかしらないが、地球人のおれの眼から見れば、ただの毛むくじゃらの縫いぐるみの態だ。媚《こ》びて見せたって、なんの気も起らない。

「どうやって、ここへ入った」

「あら。自分が鍵《かぎ》をかけ忘れたくせに」

「そんな馬鹿な」おれは一流のスパイだ。そんな間抜けなまねはしない。「すぐ出て行け。あんたなんかに興味はない」

「無愛想なひと。せっかく来てあげたのに」彼女は服を着るとぷりぷり怒って帰って行った。

あの女は、あきらかに敵方のスパイである。変な気を起さなくてよかった——おれはそう思った。

もしもあのお色気戦術にひっかかっていたら、どんな目に会っていたかわからない。

翌朝は早く眼がさめた。

シャワーを浴びてから、おれはすぐにホテルを出た。早朝なら誰もいないから、比較的楽に、あちこちの施設を撮影することができるだろうと思ったのだ。

地図で、郊外に重要な軍事施設があることを知り、おれは大通りへ出てから、ミニ・カーをびゅんびゅんとばした。思ったとおり郊外への道路には、まだ一台も車はいない。朝靄《あさもや》の晴れかかるころ、おれは目的地に着いた。やはり、あたりには人影がなかった。

ミニ・カーを降り、おれは大っぴらにカメラを出して付近の建物を撮影しはじめた。

しばらく夢中でシャッターを押し続けていると、誰かが背後からぐいとおれの二の腕を摑《つか》んだので、おれはとびあがるほどびっくりした。あわてて振り向くと、そこには毛むくじゃらのいかつい顔がふたつ並んでいた。バラバラ星人の警官だ。誰もいないと思っていたのだが、どうやらさっきからおれの行動を監視していたらしい。しまった——おれは腹の中で舌打ちをした。注意が足りなかった。またもや大失策である。

こういう時は、バラバラ語がわからないというふりをするに限る——そう思ったので、おれはさっそくふたりの警官に向かって、地球語で弁解しはじめた。

「私はただの観光客だ。あやしいものじゃない。記念撮影をしていただけです。この辺が撮影禁止区域だということは、ちっとも知らなかったのです。わたしはスパイじゃない。そうですとも。スパイなんかじゃありません。見のがしてください。助けてください」

早口で喋《しゃべ》りまくっているうちにひや汗が出てきて、ひとりでに声がうわずってきた。

だが警官たちは、ふたりとも地球語を知らないらしく、困ったように顔を見あわせ、バラバラ語で相談しはじめた。

「どうしよう」

「そうだな。とにかく本署へ連行しようか。本署になら、地球語のわかる奴もいるだろう」

彼らは太い手で両側からおれの腕をつかみ、歩き出した。

こういう場合は反抗せず、神妙にしていた方がいいだろうとおれは判断した。逃げ出す隙はいずれある筈だから。

だが、逃げ出す隙は、どうやらなさそうだった。警官たちはすごい力だった。おれはずるずるとひきずられるようにして、道端に停車しているパトロール・カーの方へ連れて行かれた。彼らはおれがホテルを出た時からずっと、見えがくれに尾行してきたらしい。彼らの車は太陽光自動車だから、ぜんぜん音がしないのである。

後部シートに、ふたりの頑丈な警官にはさまれて腰をおろすと、運転席にいたもうひとりの警官が車をスタートさせた。パト・カーは音もなく町の中心部へ引き返しはじめた。

もう、逃げ出すことは出来そうにないな——そう思った。こんな時、一流のスパイはどうするのだろう。おれは自問自答した。もちろん自殺をするのだ。口の中に常に含んでいる、毒の入ったゴム袋を噛《か》み破って死ぬのだ。拷問されて口を割るよりは、自ら死を選ぶ。それが一流のスパイである。だが、おれはそんなゴム袋など用意していない。だから死ぬにも死ねないのだ。

さあ困った。さあ大変だ。おれは死ねない。死にたくても死ねない。おれはうろたえた。からだが小きざみに顫《ふる》えはじめた。

「動くな。じっとしていろ」隣の警官が低い声でそういった。

このままでは警察に連れて行かれ、きっとひどい拷問をされて、自白させられてしまうだろう。だが、どんな拷問をされるのか——小説やテレビで知ったさまざまな拷問方法が、おれの頭に次つぎと浮かんでは消えた。

ムチか。毒グモか。硫酸の上のさかさ吊《づ》りか。ワニかピラニヤか。股《また》を裂こうとしてじりじり這いあがってくる回転ノコギリか。ぶんまわしか。自白剤か。分銅吊りか。発泡剤を全身に塗りたくられるのか。電熱鉄板を足の裏に押し当てられるのか。神経を引っこ抜かれるのか。皮のチョッキを着せられて水をぶっかけられるのか。爪の間へ焼けた針金を突っこまれるのか。

あまりの恐ろしさに、おれは悲鳴をあげた。「助けてくれ」矢もたてもたまらず、おれはバラバラ語で叫んだ。「何でも喋る。だから拷問はやめてくれ。おれはこわい」

叫び続けているうちに、ひとりでに眼球がとび出てきた。恐怖のため、ノドがからからになり、ぜいぜいあえいだ。四肢は瘧《おこり》のように痙攣《けいれん》した。「白状する。おれは地球からきたスパイだ。白状するから許してくれ」

「静かにしろ。何もしないから心配するな」

「拷問するんでしょう。ねえ。そうでしょう。きっとするんだ」おれは泣きわめいた。

ふと気がつくと、おれの股のあたりから白い湯気が立ちのぼっていた。知らずしらず、ズボンの中へ小便をしてしまったらしい。それに気がつき、この事態がおれにとっていかに恐怖に満ちたものであるかを再認識し、おれの背筋はさらに凍りついた。さすがにもう小便は出なかったが、かわりに泣き声がとんで出た。

「あんたたち、拷問する気なんだ。顔を見ればわかる。するんだするんだ」

「そんなこと、するもんか」ひとりがすごい微笑を洩《も》らした。

「ひい」おれはふるえあがった。「やめてくれ。そんなことをしてはいけない。拷問はいけないよ。喋る。ぜんぶ喋る。おれは内閣諜報室とCIAの下請けをやっている宇宙政経情報社の社員だ。盗み撮りしたフィルムは全部出しますだします。だから拷問だけはやらないで。こわい」

ふたりの警官は顔を見あわせ、げらげら笑いはじめた。運転席の警官までが笑い出した。不気味な笑いだった。

「五百万クレジット貰って、スパイしてこいといわれました」と、おれはいった。

ますます大声で、しまいには腹をかかえて、警官たちは笑いころげた。

「それでしかたなくあちこち、写真を撮りまくりました。誰かれかまわず、しつこく質問して情報を収集しました。それだけです。たったそれだけです。許してください」

べらべら喋り続けているうちに、パト・カーは本署のいかめしい玄関前に到着した。

また警官たちに両腕をとられ、署内へつれ込まれ、薄暗い廊下をながながと歩かされ、取調室らしい小さな部屋へ入れられた。

「ここでしばらく待っていろ」

警官たちはそういって、おれをその部屋にひとり残して去った。

言われた通りじっと待ち続け、次第に気持が落ちついてきて、自白したことを悔み出しはじめた時、背の高い刑事らしい男がひとり入ってきた。

「あんたかね。スパイ行為を自白したというのは」彼はおれと向かいあって腰をおろし、調書をとりはじめた。「もういちど、くり返してもらおう」

いちど自白したんだから、今さら否定したってはじまらない。おれはさっき言ったことをくり返し述べた。

取り調べを終ると、刑事は立ちあがった。

「とにかく、自白した限りは当分地球へは帰せないよ。しばらくここで滞在してもらおう」

おれは独房に入れられてしまった。

数日後、おれのことが地球で問題になっているということを、おれは担当の看守から聞かされた。

「それで、どうなんだい」と、おれは看守に訊《たず》ねた。「おれの評判は、地球ではいいかね。悪いかね」

「いいわけはなかろう」看守はあきれ顔で答えた。「せっかく地球とバラバラの関係が親密化している時に、とんでもない不祥事件を起してくれたもんだといって、糞味噌《くそみそ》に言われているよ。地球政府は野党から、行き過ぎではないかといって責められているしね」

なぜ地球でそんなに評判が悪いのか、それこそおれにはさっぱりわからない。大衆は小説やテレビに出てくるフィクションのスパイにさえ大喜びして、拍手喝采《かっさい》しているではないか。ましておれは実際に、ドラマそこのけの大活躍をしたスパイなのだ。一躍国民的英雄にまつりあげられてこそ当然なのだ。現実に出現したヒーローなのだから、大衆はもっとこのおれを英雄視して当然だと思うのだが——。

それに野党のいうことも無茶苦茶だ。スパイ行為は国家の安全と重要政策のために絶対必要なのだぞ。どこの国でだってやっていることだ。もし地球だけがスパイを廃止したら、地球はたちまち他の星からの侵略を受け、いい食いものにされてしまうではないか。

そうだ。おれは地球のために働いたのだぞ。お国のために尽したのだぞ。それをどうして悪くいうのだ。けしからん。これは実にけしからん。

独房の中でひとり憤慨していると、看守に呼び出され、またこの間の取調室へ連れて行かれた。この前とは別の、もっと階級の上らしい刑事がいて、おれに訊ねはじめた。

「スパイ行為をしていたことは、あんたの撮ったフィルムを見てわかった。しかし、どうしてあんなに簡単に自白する気になったんだね」

「簡単にですって」おれはむっとして言い返した。「冗談じゃない。スパイともあろうものが、そんなに簡単に自白するもんですか。あの時は警官に脅かされて、つい喋っちまったんです」

「脅かされたんだって」刑事は首を傾げた。「だって、あんたが捕まった理由は、スパイ行為によるものじゃないんだよ」

「なんですと」おれは茫然《ぼうぜん》として、刑事の顔を見つめた。「ではいったい、なぜ逮捕されたんですか。あっ。わかった。それじゃ、レストランで照明弾をうちあげた件ですね」

「あっ。あれは貴様の仕わざか」刑事はかんかんに怒って立ちあがった。「あの時おれはあそこにいた。おかげでひどい目にあった。見ろ」彼は上着を脱いでおれに背を向けた。

彼の背中の毛は焼け焦げてぼろぼろになり、毛が脱《ぬ》け落ちた部分の地肌は赤くなって腫《は》れあがっていた。

「大やけどだ。あれからずっと、夜は痛くて眠れない。どうしてくれる」

「申しわけありません」おれは平あやまりにあやまった。

「あれも、スパイ行為だったというのか」

「あれは予期せぬ出来事です。ところで、わたしが逮捕された理由は……」

「逮捕したんじゃない。お前がバラバラ語が話せないふりをしたので、警官たちは本署にいる通訳のところへ連れてこようとした。ただそれだけだ。お前が捕まったのは、単なる交通違反だ」彼は冷笑するような眼でおれを見て、ゆっくりと言った。「お前はあの大通りを、この国の制限速度を越すスピードで走っていたんだ。それも、ほんの三キロほどオーバーしたスピードでな。警官たちは、注意しようとしただけだったんだ」

アフリカの爆弾

1

常緑広葉樹の密林の中から、部落の中央の広場へ、土人がひとり走り出てきて叫んだ。

「バヤ。ハバリ。ハバリ。シキエニ。メカンチワリヌヌア、ルカボムラアトミキ。ハタリ」

直訳すればこうである。「大変だたいへんだ。隣の部落ミサイル買った。危いよあぶないよ」

彼はそう叫び続けながら広場を横切って、部落の西の端にある酋長《しゅうちょう》の本邸へ駆けこんでいった。

ちょうど昼寝から醒《さ》めたばかりで、パンツ一枚のまま小屋の戸口で涼んでいた私は、あわてて部屋にとって返し、シャツとズボンを身につけた。酋長のところへ行くのに、パンツ一枚では失礼だと思ったからである。

この小さな百戸足らずの部落も、今では独立した新興国であって、酋長といえども一国の元首にあたる人なのだから、いわばわたしは国賓だ。礼儀は守らなければならない。

できるだけ派手なアロハシャツを着て――つまり駐在大使の正装をして小屋を出ると、部落の土人たちもみな長方形をしたそれぞれの家から顔を出し、わいわい騒いでいた。大あわてで酋長の邸《やしき》へ駆けつける男もいた。長老のひとりが広場に出てきて、いや何でもないなんでもないといいながら部落民を鎮めている。彼は文部大臣だ。

私は広場を横切り、切妻屋根の酋長の邸へ入っていった。

本邸といっても、もちろんひと部屋しかなく、そこが謁見の間ということになっている。謁見の間の中央には最新型の豪華なダブル・ベッドが置かれていて、それだけで狭い部屋はもういっぱいだ。酋長はベッドの中央にあぐらをかき、集まってきた土人たち――つまり大臣連中は、ベッドの周囲のせまい空間に、壁に身を押しつけるようにして立っている。すでに閣僚会議が始まっているらしい。

「メカ国、われわれ、仲悪い」と、酋長が喋《しゃべ》っていた。メカ国というのは隣の部落のことで、そこも独立国である。

「四十八年前、サバンナでわたしの父、ライオン倒した。そのライオンの毛皮、メカの酋長の第三夫人の息子、ことわりなしに剝《は》いで持っていった」やや中年肥《ぶと》りの酋長は、隣国との諍《いさか》いのそもそもの最初から物語りはじめた。「わたしの父、仕返しした。バナナ畑で、メカの酋長の第三夫人の息子の第二夫人姦《や》った。メカの酋長の第一夫人の息子、仕返しした。わたしの妹攫《さら》って第四夫人にした。わたしの第二夫人の息子、仕返しした」

酋長の第二夫人の息子が、嬉《うれ》しそうに自分の胸をどんどん叩《たた》き、それはおれのことだというように自分の顔を指し、周囲の連中にうなずきかけた。

「この男、メカのヤシ畑に火をつけて帰ってきた。メカの酋長、逃げ遅れて焼け死んだ。イサンガニの警察、わたしの息子捕えにきた。わたし、あわててこの部落の独立宣言して国連とEECに加盟した。イサンガニの警察、安全保障理事会こわくて帰った。息子、助かった」

第二夫人の息子が、赤い舌をだらりと出して見せた。これは感謝の意志表示である。

「メカも、一年前にあわてて独立した。そして今日、国連軍から核弾頭ミサイル買った」

「この国も、ミサイル買う」と、土人のひとりが踊りあがるような恰好《かっこう》をしてそう叫んだ。この男は防衛長官である。「国連軍から、核弾頭ミサイル買う」

「イサンガニの国連軍、メカの味方」と、酋長はベッドサイドの電話をとりあげながらいった。「こっちはキンシャシャの国連軍から買う」

彼はキンシャシャへ長距離電話をかけた。「もしもし。国連軍か。わたし、補給部隊隊長友達。隊長呼んでくれ。やかましい。やかましい。そのラジオとテレビ消せ」

サイドテーブルの上でラジオ・コンゴのモダン・ジャズ放送をしているポータブル・

ラジオを、第二夫人の息子があわてて消した。私は、土人のよろめきドラマをやっているカラー・テレビのスイッチを切った。

ラジオもテレビもメイド・イン・ジャパンでポニー社製品、つまり私が月賦で彼らに売ったのだ。金はまだ半分くらいしか集まっていない。

私はもともとこの部落へ派遣されたポニーのセールスマン兼集金人なのだが、ながい間逗留《とうりゅう》しているうちに、この部落の経済顧問みたいな存在になってしまい、今ではすっかり重宝がられて、酋長の相談役のひとりに加えられてしまっているのである。

「ヘイ。ピーター」先方が出たらしく、酋長が英語で喋り出した。彼は若い頃キンシャシャのロヴァニウム大学へ行っていたので英語はうまい。

「わたしだ。隣りの部落ミサイル買った。こっちも買いたい。核弾頭ミサイルの出物ないか。何。級数。ちょっと待ってくれ」酋長は受話器を押え、最初報告にきた土人――情報室長に訊《たず》ねた。

「隣りの部落の買った奴、何メガトンか」

情報室長は肩をすくめた。

「わからないそうだ。うん、そうだな。でかいほどいい。ああ。中古でいいよ。五ギガトンか。よし。それをもらおう」

私はとびあがるほどびっくりした。ギガトンというのはメガトンの一千倍、そしてメガトンはキロトンの一千倍だ。七十年前に広島へ落ちた奴が二〇キロトンだから、五ギガトンというのはその二十五万倍の威力を持っているわけである。

「そんなものを買って、もし取扱いをまちがえたら大変だ」私は泡をくって酋長に進言した。「地球が粉ごなになってしまう。それはやめた方がいい。だいいち、この国の経済力では買えまい」

「いくらで売ってくれるね」と、酋長が電話に訊ね、私に向き直っていった。「五〇〇〇ドルで売るそうだ」

「国連軍は、そんなに安く横流ししているのか」私は啞然《あぜん》とした。

四、五十年前から、小さな国がやたらに核爆弾を持ちはじめ、軍需産業で経済機構を維持させている大国が、平和に苦しんで闇で核爆発物を売りさばいたため、今では原水爆が世界中に出まわっている。

数年前日本にいる頃、私は友人と、いずれ町のタバコ屋でマッチくらいの小型原水爆を売りはじめるんじゃないかなどと冗談をいっていたものだが、どうやら最近ではそれに似た状態になってきたようである。

しかし考えてみると、そのために大国間の紛争はおろか局地戦までなくなってしまったわけだから、核爆発物は少なくとも現在、全面的抑止戦力の役目だけは充分果たしていることになる。そのかわり、偶発核戦争の危険度は増大したわけだ。いや、偶発核戦争などというなまやさしいものではない。どこかの国の気ちがいが、そのへんにころがっているミサイルの尻《しり》にちょいと火をつけたが最後、地球はばらばらである。

昔、ケネディという有名なファッション・モデルがいて、その最初の亭主で大統領をやったこともある男が、核爆発物をダモクレスの剣に喩《たと》えたことがある。だが今では、その頭上の剣を吊《つ》るしたひと筋の髪の毛をちょん切ることのできる人間は、限られた数の押しボタン将校だけではなく、全世界の人間ひとりひとりなのだ。

「そうだな。これから貰《もら》いに行く。十人乗りくらいのヘリコプターを一機、寄越してくれ」私の心配をよそに、酋長は至極簡単に売買の約束をしてしまった。

「バヤ。バヤ。アンガリエニ」

また土人がひとり、あわてふためいて駆けこんできた。「大変だよたいへんだ。百人以上のアメリカの観光団がやってきたよ。今、一キロばかり南のジャングルにいて、こちらへやってくるよ」

「そんな話はまだ聞いていない」酋長はびっくりして立ちあがった。「何も準備していない。たいへんだ。みんな、用意する」彼は土人たちに叫んだ。「すぐ用意する」

たちまち、たいへんな騒ぎになった。酋長は息子たちといっしょに、テレビやラジオや電話を、大あわてでダブル・ベッドの下に投げこんだ。邸外へ駆け出ていった土人たちが、外に積みあげてあった乾草《ほしくさ》をかかえて戻ってきて、部屋中にまき散らし、ダブル・ベッドを覆い隠しはじめた。他の連中も、それぞれ自分の家の文化的な家具や電気製品を隠すために駆け戻っていった。

この部落は、観光事業をほとんど唯一の収入源にしている、いわば観光国家である。

陰でこっそり文化生活を営んでいることが観光客に知れたりしたら大変だ。あの部落の土人はちっとも土人らしくないというので、たちまち客が来なくなってしまう。そうなると今度は、民族舞踊団とか何とかそういったものを組織して巡業に出かけなければならなくなり、出稼ぎ国家に落ちぶれてしまうのである。

部落の財政に公私両面で関係している以上、彼らの商売を助けてやらなければならないから、私は土人たちの準備に落度がないかどうか部落中を見てまわることにして、酋長の本邸を出た。

長老のひとりの家の前を通りかかったついでに中を覗《のぞ》くと、家族全員が長老をとりかこんで、彼に魔法医《ウイッチ・ドクター》の扮装《ふんそう》をさせていた。ヒョウの毛皮と白黒いりまじったヒヒの毛皮を着せ、サルの毛皮で作ったオムワガという茶色の帽子を被《かぶ》せ、ヒョウタンを両手に持たせ、その他薬の入ったカモシカのツノだとか、竹筒とか、ムタテンバと称する木の幹や、ルエト、オムクンガなどという木の枝をとり揃えて並べたり、開店準備に大わらわである。

その隣家の中年の土人は小屋の戸口に『割礼やります。男二〇ドル女三〇ドル』と英語で書いた紙を貼りつけていた。この男の家は先祖代々割礼師で、彼の女房も婦人割礼師だ。男の割礼は包皮を切開するのだが、女の割礼は陰核の先端をちょん切るのがむずかしいから、費用も一〇ドル高い。この部落では今でも男は十八歳、女は十歳で割礼をする。この中年の割礼師は酋長と同い年で、だからよくいっしょに酒を飲んでは貴様とおれとは同期の割礼などと歌っている。

観光客でこの貼紙を見て、わざわざ高い金を払って割礼をしたいといい出す馬鹿もたまにはいる。たいていはアメリカの田舎から来た中年以上の男や女だが、四十歳以上にもなって割礼したところで何の意味もないので、傷が回復するまでの二、三週間というもの、毎夜ベッドの上でのたうちまわる以外に何の効能もない。

ひとわたり巡察してから自分の小屋へ帰ってくると、戸口の前でひとりの土人の女がぶらぶらしていた。この女は部落一の美人だ。ちゃんと化粧も済ませ、薄い布地のスカートまではいていた。ただし上半身は裸である。きゅっと空を見あげたピンクの乳首が可愛い。

私は彼女に声をかけた。「ジャンボ。今日はぐっと綺麗《きれい》だね」

彼女はブワタと叫んではずかしそうな身振りをし、さらに私がじろじろ眺め続けたものだから、とうとうスカートをまくりあげて顔をかくしてしまった。おどろいたことに彼女は、スカートの下に何もはいていなかった。生殖器がむき出しである。どうやら羞《しゅう》恥《ち》の観念がわれわれとでは逆らしい。

「フヨ」でかい声がした。

広場をはさんで、私の小屋とちょうど向きあった家からひとりの土人が走り出てきた。彼は私と女を指さし、おどりあがりながら叫んだ。

「フヨ。フヨ」

しまった、悪いところを見られた——私は舌打ちした。

叫び続けている若い土人というのはこの女の亭主で、嫉妬《しっと》深いことでは部落一である。彼はフョフョと大さわぎしながら家にとって返し、すぐに復讐《ふくしゅう》の衣裳《いしょう》をつけて駆け出てきた。

「ムイビ」彼はふたたび小屋の前でおどりあがり、そう叫んだ。「ア、ドフル」右手に持った槍《やり》を高く構え、頭上前方を小突くようにして、彼はこちらへ小きざみに前進しはじめた。これは復讐の踊りである。

この騒ぎにびっくりしてそれぞれの小屋から出てきた土人たちは、また奴《やっこ》さんの悪い癖がはじまったというようににやにや笑いながら眺めているだけだ。

「フョ。フョ。ユ、ニョカ。フョ。フョ。ユ、チャウ。フョ。フョ。ユ、ムイビ。フョ。ア、ペンダ、ムケ、アング。フョ」

三歩小きざみに前進しては二歩後退し、また四歩進んで三歩退き、これではいつになったら広場を横切って私のところへ来るのかわからない。

いささかあきれてぼんやり彼を見ているところへ、酋長がやってきて私に話しかけた。

「ブワナ・ヤス。ミサイルの仕入れ、あなたも来てほしい」

「どうして」

「部落の財産、今、五〇〇〇ドルもない。値切ってほしい。ブワナ値切るのうまい。もし値切る駄目なら足りない分借りたい」

「私は経済援助顧問団ではない」私はあわてていった。「貸す金はないよ。これは会社の金だ」

「では値切る。それから、われわれ機械にくわしくない。ブワナ機械にくわしい。ついてきてほしい」

「冗談じゃないよ。電気器具とミサイルとは全然ちがう。だいいち私は技術者ではなくてセールスマンだ」

「しかし、われわれよりはくわしい。何かの役にはたつ」

「やれやれ」私は嘆息した。「では、ついて行こう」

そこへアメリカの観光団が到着した。ぜんぶ白人の農民で、四、五十歳という初老の男女がほとんどである。女はだいたいにおいて肥っていた。

「着きました。ここが目的地の部落であります」全員を広場に集め、案内人《ガイド》がいった。「ここで半日、部落内を見学します。四時になったらまた、ここへ集まってください」

観光団は散開し、連中はあちこちにカメラを向けはじめた。

助平そうな赤ら顔の親爺《おやじ》が目ざとく私の傍にいる部落一の美人を見つけ、寄ってきてカメラを構えた。

「ノー」彼女は片手で顔を覆い、抜け目なく片手を前へ突き出しながらいった。「ドラ」スワヒリ語で金《ドル》のことだ。

親爺の方は、金さえ出せば女をものにすることができるかもしれないと考えたらしく、さらに彼女にくっついていき、耳うちをしはじめた。「バンバ。バンバ」バンバは、ものは相談だとか、交渉とかいう意味である。

「ノー」彼女はくるりと背を向け、小屋の裏のジャングルの中へ入っていった。

親爺はあきらめず、彼女を追ってドラドラバンバンといいながらジャングルへ入っていった。

自分の女房がよその男とジャングルへ入っていったというのに、亭主の方はあいかわらずフヨとかチャウとかいいながら、広場を小きざみに前進し続けている。頭上前方を、くわっと眼を見ひらいて睨《にら》みつけているので、何も眼に入らないらしい。観光客はこれを何かのアトラクションだと思いこんでいて、しきりに彼を撮影している。

酋長の第二夫人の息子が、広場の隅に土人を数人集め、お得意の選挙演説をはじめた。半分は本気、半分は観光客のための見世物である。だから言葉も英語とスワヒリ語がちゃんぽんだ。

「わたし大統領になる。誰でも議会に不信任案出せるようにしてリコール制にする。国会解散権罷免権みんなに持たせる。指揮権よくないから、あれやめさせるよ。変則国会やめさせるよ。部落の中の派閥解消させて統一綱領作る。生存者叙勲制度作ってひとり残らず勲章やるよ。酋長の先買い権や国葬やめさせるよ。この部落の下まで地下鉄《メトロ》もってくる。この部落停車駅になる。医療の完備これ公約するよ。住民五人に対しひとりの割合で魔法医《ウイッチ・ドクター》つけてやるよ」

広場の別の片隅では、この部落いちばんの年寄りで、この国の無形文化財に指定されている長老を、観光客がとり巻き、口ぐちに訊ねていた。

「じゃあ、この部落の土人は、昔はぜんぶ人食い人種だったのですか」

「そうだよ」

「あなたは人間を食べたことがあるんですか」

「そうさな。百七、八十人は食ったかな」

「人間はうまいですか」

「死ぬ前にもういちど食いたい」長老は歯のない口をあけて、けけけけと笑った。

「ここにいる白人で、いちばんうまそうなのは誰ですか」

「あんたじゃ」

指を向けられた男がさっと顔色を変え、とんで逃げた。

「男と女と、どちらがうまいですか」

「どちらも似たようなものじゃが、わしは男の方が好きだね」

「どうして」

「釜《かま》へ入れると、男は観念してしまうが、女は最後まで泣きわめいて釜の中で失禁したりするから、せっかく味つけしたスープがまずくなるのじゃ」

もちろん全部でたらめなのだが、観光客はきゃっきゃといって喜んでいる。私がここへ来て土人たちにいろいろ教えてやってから、彼らはぐっと白人を喜ばせることがうまくなった。国家としての収入も、一昨年《おととし》に比べれば倍近くなったという話である。

やがて密林の西の空でかすかに原子力エンジンの音が響き、それは次第にこちらへ近づいてきた。

「国連軍のヘリが来た」

酋長は観光客たちの相手を中断し、第二夫人の息子と第四夫人の息子に、力の強そうな土人三人ずつを選ばせ、彼ら全員を広場の中央に集めた。私を含めて全部で十人だ。

国連軍のAE—10ヘリコプターが、広場の赤黒い砂を部落の空にもうもうとまきあげて着陸した。

「わあ。これはたまらない」観光客たちは咳《せ》き込みながら、それぞれ手近の小屋にあわてて逃げこんだ。

「大統領はおられますか」操縦席からイギリス人の若い空軍少尉がおり立ち、生真面目にそういった。「キンシャシャ駐在国連軍本部よりお迎えにまいりました」

「大統領それ私だ」酋長が一歩進み出て答えた。「十人乗せてくれ」

「本官は大統領以下数名の方をキクウィトのミサイル格納庫までお連れするよう、ピーター・ダンドリッジ補給部隊長より拝命いたしておりまして」

「わかっている。わかっている」酋長は少尉の肩を叩いていった。「気楽にいこう」

私たちはすぐ、エンジンをかけっぱなしのヘリに乗りこんだ。ドアを密閉してしまうと、爆音はぜんぜん聞こえない。クランク軸の空転が腹に響くだけである。

ＡＥ―10は広場の空へ浮上し、機首を西へ向けた。最高時速は三五〇キロだ。

「あの少尉は、どうしてあんなにしゃちょこばってるんだ」私は酋長の耳に口を寄せて訊ねた。

「アフリカへ赴任してきた当座、誰でも黒人馬鹿にしている」と、酋長は説明しはじめた。「ところが黒人というものなかなか馬鹿でなく、自分より利口な奴ざらにいるらしいことにある時突然はっと気がつくと、みんな反動であんなになる。これ、イギリス人に多いよ。中にはいつまでも黒人馬鹿と思いこんでいたい白人もいる。昔アンドレ・ジイドいう偉い人こんなこといった。『白人が知的に水準が低ければ低いほど、彼には黒人がより馬鹿に見えるものだ』これ、アメリカ人に多いよ」

いちばんのお得意先のくせに、どうやらアメリカ人が嫌いらしい。

ジャングルを過ぎ、サバンナ地帯を越えると、あちこちにオテル・ド・コンゴレーズの建物や、ウテクスレオの織物工場や、アブラヤシの農園《プランテーション》などの散在が眼につきはじめた。ハイウェイも走っている。

「コンゴもだんだん開けてきたなあ」と、私はいった。

「だが建物、工場、農園、あらゆるもの、今でもやっぱり、ほとんど白人のもの」と酋長がいった。

「それはしかたがあるまい」私はいった。「あんたたちは今だって、密林の中で部族社会を営んでいるじゃないか。もっとああいったところや都市へ、どんどん出て行かなきゃだめだよ」

「ブワナ知らない。われわれの部落、部族社会ではない。ほんとの部族社会、いちど滅亡した。今、われわれ部落、あれ利益社会《ゲゼルシャフト》」

「いちど滅亡したんだって」

「そうだ。ヨーロッパ人の侵略、征服なければ、それまで立派な文明持っていたわれわれの部族社会、破滅することなかった。バションゴ国第九十三代目の王シャンバ・ボロンゴンゴの時代見てもわかる。あの繁栄、あのまま続いていたら、われわれ、あんな建物、工場、とっくに持っていた」

「だって、コンゴは貧乏なんだろ」

「コンゴ貧乏ない。ダイヤモンド、コバルト、鉄、銅、ウランまで出る。今までコンゴ貧しかったのは、ここで生産されるもの、ほとんどヨーロッパ人持っていったためだ。最初ポルトガル人来た。数百万人のアフリカ人、奴隷にされて連れて行かれた。これ十六世紀はじめから一八八五年ベルリン会議の時まで続いた。そのつぎレオポルド王来た。象牙《ぞうげ》、ゴマ、そのほか生産物、ぜんぶ掠奪《りゃくだつ》された。おまけに奴隷にされた以上の数の人間、毎年三十万人以上の数の人間、暴動鎮圧といって二十年間殺され続けた。その次ベルギー来た。労働力奪われた。部落の男、鉱山や都市へつれて行かれて強制労働させられて、部族社会半分崩壊しかけた。そのうちほとんどの部落、酋長までいなくなった。そうなると、部落にいては食えないから、若い連中みんな自分から都市へ出て行くようになる。一九五〇年代、六〇年代の人間、ふたつしか道なかった。ひとつ、部族地域とか原住民指定地で安易にとじこもって暮して、ヨーロッパ人に隷属して、ずっと進歩発展なしに暮すか、ひとつ、都市へ行って安い賃金で白人にこき使われるか。どちらもわれわれ繁栄ない。ちょうどその頃から、大衆民族運動とか、ABAKOとか、コンゴ同盟とかいう民族解放運動起った。ルムンバ、カサブブ、反乱起した。やっと六〇年に共和国になった思った時、首相になったルムンバ殺された。それからあと、もうまったく滅茶苦茶《めちゃくちゃ》。反政府側イサンガニで人民共和国宣言する。チョンベの中央政府ベルギー軍米軍助けてもらってイサンガニ攻撃する、ところが今度は反政府内部で戦争する、コンゴ中戦争になる、中央政府の首相になった奴次から次から殺される、ベルギー人逃げ出す、しまいに政府の役人ひとりもいなくなる、それでも戦争だけはある、とうとう一九八二年国連軍介入してきて、それから五年かかって全コンゴ制圧した。コンゴ共和国、国連の信託統治地域になった。平和になると、観光客まで来るようになった。都会にいた若い連中、部落戻ってきて観光客の案内《ガイド》はじめた。そこで私は考えた。部族社会発展させる道これしかない。観光に来た馬鹿の白人いくらでも金落として帰る。やりかたひとつで金ぜんぶ使って帰る。これから観光の世の中。遊んでいて金儲《もう》かること観光事業以外にない。白人働いて貯めた金、われわれ何も仕事しないでぜんぶ吸いとる。タイコ叩いて踊って吸いとる。馬鹿の白人それで喜ぶ。こっちも金できる。八方まるくおさまる。これ生活の知恵。いずれは賭博《とばく》場作ってルーレット置く。もっと金儲かる。白人お愛想いってどんどん金とる。私日本えらい思う。特に日本のタイコモチ偉い思う。私、タイコモチ見習う」彼は掌で、ぴしゃりと自分の額を叩いて見せた。「いよっ。これはこれはアメリカの旦那《だんな》、近ごろとんとお見限りで」また、ぴしゃりと額を叩いた。「おやお珍しいソ連の旦那じゃござんせんか。最近は宇宙の方とやらへだいぶご発展のようで……。私、それやることにした。今の国際情勢ややこしい。タイコモチいちばん安全有利かつ賢いやりかた。私、大学でタイコの勉強してから部落戻って観光事業はじめた。部落、財産できてきた。その頃、大部族から順に独立宣言はじめた。本国あって独立分離するのでないから、国際法上からも本国に対する内政干渉でなくて、新国家作るの簡単。たいてい黙示の承認。今、コンゴの独立国、全部で百四十六か国ある」

「そいつは大変だな。そいつらがみんな自衛権を主張してミサイルを買ったら、えらいことになる」

「いやもうほとんどの国、ミサイル持っている。わたしの国ミサイル持つの遅すぎた」

「サクウィトです。着陸します」と、真面目な少尉がいった。

ヘリは町のはずれにあるヘリポートに着陸した。

ヘリポートには、補給隊長ピーター・ダンドリッジが出迎えに来ていた。

「やあ。来たな酋長」大男で赤鼻のピーター・ダンドリッジは上機嫌だった。「やあ。ブワナ・ヤスもいっしょか」酒を飲んでいるらしかった。飲んでいなくても、常に上機嫌なのだが。

「ここに三五〇〇ドルある」酋長はピーター・ダンドリッジにすぐ金を渡した。「それからこれは、ダイヤなのだが」

酋長のさし出したダイヤを、ピーター・ダンドリッジは受けとって陽光にすかした。

「ふん。まず五〇ドルといったところかな。まあいい。まけといてやろう」彼はヘリコプターからおりてきた少尉に、三〇〇ドル渡した。

「おい。受けとっておけ」

少尉はあいかわらず生真面目な顔で訊ねた。「これは何でありましょうか隊長どの」

「中古武器類不正払い下げの分け前だ」

「所得税はかかりますか」

「馬鹿だな」ピーター・ダンドリッジはにやにや笑った。

少尉もにやにや笑って金をポケットへ入れた。この男、くだけている癖に、どうやら普段は真面目人間の演技を楽しんでいるらしい。酋長がイギリス人を好きな原因も、おそらくこんなところにあるのだろう。

「来てくれ。こっちだ」

私たちはピーター・ダンドリッジに案内され、ヘリポートのすぐ傍にある頑丈そうな格納庫《サイロ》に向かった。ピーター・ダンドリッジは陽気に歌をうたい、ちょいちょいポケット瓶を出しては喇叭《ラッパ》飲みしながら、私たちの前を歩いた。

鉛で作られた格納庫《サイロ》の正面の扉をあけ、中に入って地下へおりると、通路の両側には高さ五メートルほどのミサイルが数十基立ち並んでいた。

「いちばん奥の奴だ。気をつけて歩いてくれ。タバコは喫《す》うなよ」ピーター・ダンドリッジは私たちを奥へ案内した。

酋長は歩きながら手に持った杖《つえ》で、両側のミサイルの横っ腹をがんがん叩いて呟《つぶや》いた。

「このミサイルは音が悪いな」

西瓜《すいか》じゃあるまいし、音でミサイルの良し悪しがわかってたまるものか。

「このミサイルがそうだ」ピーター・ダンドリッジが、いちばん隅のミサイルを指していった。

「ずいぶん小さいな。これで五ギガトンもあるのかい」私は半信半疑でピーター・ダンドリッジに念を押した。

「最近では、爆弾の大きさはその威力に関係なしだ。十メガトン以上なら、爆発力を何トン加えようが、同じミサイルで発射できるよ」彼は私の顔をのぞきこんだ。「嘘だと思うかね」

「だって、実験《テスト》するわけにもいかんからな」

私とピーター・ダンドリッジは、この冗談でしばらくげらげら笑い、やがて同時に顔色を変えて笑いを中断した。

「お前たち、両側から担げ」酋長が土人たちに命じた。

土人たちはミサイルに抱きつき、そろそろと横倒しにしてから肩に担いだ。

「慎重に扱ってくれよ」ピーター・ダンドリッジは投げやりにそういった。「弾頭部のネジがバカになっていて、ぐらぐらしているんだ。ショックをあたえると、すぐ爆発するからな」

「そいつはちょっと物騒だな」私は唇を蒼《あお》くしていった。「もっといい奴は貰えないのか」

「中古品の中では、これがいちばん上物だ」ピーター・ダンドリッジはそういってうなずいた。

「じゃあ、安全装置はかからないのか」

「安全装置だと」ピーター・ダンドリッジはしばらく私の顔をじろじろ見てから、だしぬけに腰の拳銃《けんじゅう》を抜いて私の顔に銃口を突きつけた。「これを見ろ。拳銃だ」

「そんなことは、見ればわかる」

「いいかね。拳銃というものは、これは何かというと、つまりこれは拳銃用の弾丸の発射装置だ」

「あたり前じゃないか」

「だから当然、弾丸が出ないようにする安全装置はある。ほら、これだ」彼は安全装置をかちりとはずした。「次にこれは、拳銃用の弾丸だ」彼は弾倉から弾丸を出した。「この弾丸には、安全装置がついていない。なぜだと思うね」

「弾丸に安全装置がついていては、弾丸としての役目を果たせないよ」

「そうだろう」彼はミサイルを指した。「これは発射装置ではなくて、全体が弾丸なんだ。だから安全装置はついていない」

「待ってくれ」私はあわてて彼にいった。「ミサイルの発射台はどこにあるんだ。セットで売ってくれるんじゃなかったのか」

「発射台は部落で作ったらいいだろう。最近のミサイルは軽量化しているから、材木だけで簡単に作れるよ。とにかくこのミサイルは、どこかへ立てかけておいて尻に花火を仕掛けたらそのまま飛んで行くように作ってあるんだから。しかし」彼は少し考えてから、にやりと笑った。「発射装置というのは、ほんとはナンセンスだぜ」

「どうして」

「どこへ向けて発射するつもりかは知らんが、爆発地点には関係なく、このミサイルがいったん爆発したが最後、人類のすべては滅亡するんだからね」

「そうか」私はぼんやりとうなずいた。「そういえば、たしかにそうだな」何のために金を払ってミサイルを買うのか、だんだんわけがわからなくなってきて、私はゆっくりとかぶりを振った。

「では、そろそろ帰る」と、酋長がいった。「外へ運べ」

土人たちは、ミサイルを担いで通路を階段の方へ歩き出した。

「並んでいるミサイルにぶっつけないでくれよ」ピーター・ダンドリッジは、どっちでもいいという調子でいった。「一本倒れると、将棋倒しでぜんぶ倒れてしまう。いやあ、まったく、こいつらが全部いちどに爆発したら凄《すご》いだろうなあ」彼はまた、やけくそのように大声で歌をうたいはじめた。

格納庫《サイロ》の外に出ると、手まわしよく軍用トラックが私たちを待っていた。

「この連中をポール・フランキまで運んでやってくれ」ピーター・ダンドリッジは運転台の兵隊にそう命じ、振り返って私にいった。

「そこから先は車道がないから、担いで持って行け」

運転台からおりてきた兵隊は、土人たちの担いでいるものをひと眼見てさっと顔色を変えた。

「あまり車をとばすなよ。せいぜい百キロくらいで走れ」ピーター・ダンドリッジはおかまいなしに兵隊にいった。「弾頭部が半分壊れかかっているからな」

兵隊は地べたへしゃがみこんだ。

「どうかしたのか」ピーター・ダンドリッジはにやにや笑って訊ねた。

「腹具合が悪い」

「嘘をつけ」

兵隊は胸のポケットから写真を出した。「隊長どの。これは私の妻の写真であります」

「ふん。美人だな。それがどうかしたか」

「妊娠しています」兵隊はすすり泣きはじめた。「妻がいます。もうじき子供ができます。私は死にたくない」

「馬鹿だなあ。こいつが爆発したら、どこにいたってだめなんだぜ」

「でも隊長どの」兵隊は、ピーター・ダンドリッジにすがりつきそうな様子でいった。

「それが人情というものではないでありましょうか。爆発地点からはできるだけ離れていたい。それが人情というものではないでありましょうか」

ピーター・ダンドリッジは顎《あご》を撫《な》でた。「そんなものを人情というかねえ」

「隊長。この男はだめだよ」と、私はいった。「がたが来てるから、きっと失策《しくじ》るよ」

「では、他の兵隊を捜してこよう」ピーター・ダンドリッジは肩をすくめていった。

「あんたたちは、三番街の交差点にレストランがあるから、そこで待っていてくれ。店の前にトラックをつけて、クラクションを鳴らす」

「わかった」

私たちは土人六人にミサイルを担がせ、クウィル川の河岸を町の中央部に向かった。

この川の水も昔は綺麗だったそうだが、今は汚れ、岸壁にはいろいろなものが流れつき、漂っていて、それは雑巾《ぞうきん》以上の襤褸《ぼろ》になるまで着古されたらしいシャツの切れっぱし、コカ・コーラの空瓶、花の死体、われらが人類の大いなる愛のゲロゲロをたらふく呑《の》みこんだゴム製品、ささくれ立った鬘《かつら》、タバコの空箱などである。

キクウィトの町には学校や病院や職業補導所や銀行やホテルなどの新しいビルが立ち並んでいた。歩道を行くのは三分の一が黒人、三分の一が白人、あとの三分の一は白人の観光旅行団である。ちらほらと日本人の姿も見えた。この町には日本の銀行の支店も二つある。私たちが大通りへ出ると、通行人は、土人の担いでいる代物を見てノーといって立ちすくんだり、ハタリと叫んで逃げたりした。

一枚ガラスの大きなウィンドウで大通りの交差点に面しているアルファジリというレストランに入って行くと、白人の店主が眼を丸くして一瞬立ちすくみ、それから頰に薄笑いのようなものを浮かべ、まるで懐しい人物に出会ったかのような表情になって弱よわしくノーと呟いた。次にやや顔色を蒼くして、こまかくかぶりを振りながらノーノーノーと呟いた。

「ノー」最後に彼はとびあがり、酋長にいった。「そんなものを店の中へ担ぎこまれては困ります」

「では、店の前へ立てかけておこう」と酋長はいった。

「それでは客が入ってこない」店主は泣きそうになった。「しかたがない。店の中の、どこか目立たないところへ置いてください」

私たちは窓ぎわに席をとり、テーブルの下にミサイルを横たえた。

「帰り、ジャングルの中、約五キロ歩かなければならない」酋長がいった。「お前たち、今のうちに腹ごしらえしておく」

土人たちが、メニュを持ってきたボーイをさんざ手古摺《てこず》らせた末ひと通り料理を注文し終った時、第二夫人の息子が酋長にいった。

「密林の中、猛獣出る。猛獣よけに、太鼓叩いて密林行く。このレストランの横の楽器店、太鼓売っていた」

「そうだな。太鼓ひとつ買ってこい」と、酋長は息子にいった。

「タブル、ダルブカ、トム・トム、ボンゴ、タブラ・バヤ、ムリダンガ、クンダン、コンガ、どれがいいか」

「トム・トムよい。トム・トム猛獣逃げる」

第二夫人の息子が、トム・トムを買いに店を出ていった。

「ライフルを持ってくればよかったな」と、私は思いついて、酋長にそういった。「武器は私の持っているワルサー一挺《いっちょう》しかないぞ」

「猛獣出てきても、殺すいけない。猛獣われわれ財産。猛獣残り少ない。おどかして追っ払うだけにする。猛獣殺すくらいなら、土人のひとりふたり猛獣に食われた方がよい」

とんでもないことをいう酋長だが、考えてみればこれは実際無理のない話なので、猛獣が絶滅してしまうとアフリカへ来る観光客も減ることになるから、現在では土人たちもけんめいに猛獣を保護しているのである。

第二夫人の息子がトム・トムを買って戻ってきて、全員が食事を終った時、レストランの前にさっきの軍用トラックがやってきて停車し、クラクションを鳴らした。運転してきたのは熊のような髭面《ひげづら》の大男だった。

「やあ。運ぶものはそれだけかね」

レストランからミサイルを担いで出てきたわれわれを見て、がさつそうなその兵隊が荷台へよじ登りながら陽気にいった。私がそうだというと彼はそうかといって、土人たちのさしあげたミサイルの弾頭部をひっつかみ、乱暴に荷台へひっぱりあげようとした。

「待て」私は悲鳴に近い声で下から叫んだ。「お前はそれが何だか、知っているんだろうな」

「知っているしっている」と、彼は笑いながらいった。「これはミサイルだ。おれだって兵隊だぞ」

「そのミサイルは弾頭部のネジがバカになっているんだ」

「ほう、そうか。それはちょっとまずいなあ」彼はぼんやりとおれを見おろしながらうなずいた。「では、ネジのところへセロテープを巻こう」

彼は荷台に載せたミサイルの弾頭部に、ポケットから出したセロテープを巻きつけはじめた。

「そんなことをして、何かの役にたつのかねえ」私は荷台にのぼり、彼の荒っぽい手つきを横からひやひやして眺めながら、できるだけおだやかに自分の意見を述べた。

「まあ、ちょっとはましだろう。トラックは揺れるからな。なあに、先端の起爆針にさえ触らなきゃ、多分大丈夫だよ。さあ出来た。さあ、みんな乗ってくれ。さあ出発するぞ」

トラックは、酋長を助手席に、私と酋長のふたりの息子と六人の土人と、五ギガトンの核弾頭ミサイルを荷台に載せて大通りを走りはじめた。

町を出ると、車は草原の中を走るハイウェイに入り、スピードを時速一〇〇キロにあげた。風あたりは強いが道路の舗装具合はなかなかよく、車は心配したほど揺れなかった。

第二夫人の息子が、荷台にあぐらをかいてトム・トムを叩きはじめた。

タンタンタン、タタンタン。

タンタンタン、タタンタン。

晴れ渡り、雲ひとつない青天井の下を、私たちのトラックはトム・トムの単調なリズムに乗って東へ突っ走った。

2

トラックを運転してくれた兵隊は顔に似合わず親切な男で、ポール・フランキの町を通り過ぎてさらに数キロ、ハイウェイの途切れる地点まで私たちを送ってくれた。

「ここから先はサバンナ地帯だ」と、彼は私たちにいった。「東へ少し行くと密林になる。そこから先は、あんたたちの方が詳しいだろう」

「われわれ、あなたに感謝する」と、酋長がいった。「あなた、もっとも勇敢でもっとも強く、もっとも親切な兵隊」

「よせよ」兵隊は笑って両腕を振りあげ、振りおろした。「じゃ。気をつけてな」

あいかわらず無神経な運転でトラックを乱暴にUターンさせ、彼は来た道を引き返していった。

私たちはハイウェイのガード・レールをまたぎ越し、サバンナに出た。サバンナというのは密林の外側にあって、比較的雨量の少ない疎林地帯のことである。疎林といっても、草原のあちこちにアカシヤとかミモザとかタマリンドなどが散在している程度だ。

先頭を第二夫人の息子がトム・トムを打ち鳴らして行き、そのあとから六人の土人が弾頭部を前方に向けたミサイルを担いで進み、その横を第四夫人の息子が護衛し、私と酋長は隊列の最後尾についた。

タンタンタン、タタンタン。

タンタンタン、タタンタン。

「いい加減歩いたが、まだ密林は見えてこないぞ」と、私は酋長にいった。「明るいうちに部落に着くだろうか」

「何か見えてきた」と、酋長が杖で前方を指した。

やがて、白く塗ったガード・レールが行手にあらわれた。

「ハイウェイだ」私はびっくりした。「もとのところへ戻ってきた」

「いや。これは別のハイウェイだ」酋長はガード・レールに手をかけ、左右を見ながらいった。「最近できた、ルルアブールへ通じているハイウェイだ」

さいわい車は一台も走っていないので、私たちはガード・レールをまたぎ越し、ハイウェイを横断することにした。

ハイウェイの中ほどまで来ると、だしぬけに南から一台のフォード二〇〇〇が時速二五〇キロくらいで突っ走ってきた。

「あわてるな」と、私はミサイルを担いでいる土人たちに叫んだ。「ここで突っ立ってろ。向こうで停ってくれるだろうから」

ところがフォードは、停ってはくれなかった。私たちがあわてて横断してしまうだろうと判断したらしい。クラクションを鳴らしながら一〇〇キロほどに速度を落したままで近づいてきて、私たちの担いでいるものが何であるかを知るなり自分からガード・レールにぶつかっていった。

「どうして横断歩道を渡らない」壊れたフォードの運転席から、かんかんになった中年のアメリカ人がおりてきて叫んだ。

「横断歩道は二キロも先だ」と、酋長はいった。「まあ、勘弁しなさい」

「弁償しろ」と、アメリカ人が怒鳴った。

「あんた、ここがどこの国か知っているかね」と、私は酋長の横から彼に訊ねた。「この辺一帯は昨日の昼過ぎに独立した新興国なんだが、あんた旅券は持っているだろうね」

アメリカ人は苦い顔をして俯向《うつむ》き、ぶつぶつと呟いた。「自動車保険に入っておいてよかったよ」

私が土人たちに行けと合図をし、彼らのあとを追おうとした時、アメリカ人が私を呼びとめた。

「どうしてあんな物騒なものを、ああいう連中に持たせておくのかね」彼は吐き捨てるようにそういった。「あんな、無知な土人どもに」

「無知な土人だって」私は言い返した。「無知な人類といえ。人類と」

私たちはふたたびハイウェイを出て、サバンナを行進した。

タンタンタン、タタンタン。

タンタンタン、タタンタン。

第二夫人の息子の打ち鳴らすトム・トムの音にまじって、どこからともなく鈍い轟音《ごうおん》が響いてきた。空を見あげたが、飛行機がとんでいる様子もない。そのうちに大地が軽く震動しはじめた。

「これは何だ。地震かな」

「いや。このサバンナの下、地下鉄《メトロ》が通っている」と、酋長はいった。「観光客や動物たちのため、乗物できるだけ地上走らせないようにしている」

「シンバ」と、第四夫人の息子が告げた。

右手やや前方のアカシヤの木の根かたから、一匹の雄ライオンがぬっと出てきて、じっとこちらを眺め続けていた。

「メトロの話をしていたら、メトロ・ゴールドウィン・メーヤーが出てきたぞ」私は腰の拳銃に手をかけながらいった。「襲いかかってはこないだろうな」

「大丈夫だ」酋長は落ちついていた。「この辺には、兇暴《きょうぼう》な奴滅多《めった》にいない」

ライオンはひと声唸《うな》ると、こちらに向かって走ってきた。

「兇暴な奴だ」

土人たちは大あわてでミサイルを草の上に投げ出し、あたりの木に向かってクモの子を散らすように逃げた。いちばん落ちついていた酋長が最もうろたえて、あちこち走りまわった末、私のとびこんだ灌木《かんぼく》の茂みの中へあとからとびこんできた。

ライオンは草原のまん中に投げ捨てられたミサイルの胴体の上に這《は》いあがってMGMのタイトルよろしくウォーウォーと二回吼《ほ》え、小便をしてからもう一回吼えた。それからのそのそと弾頭部の方へ歩き出した。

「あいつが起爆針にじゃれついたりしたらたいへんだ」私は顫《ふる》えながらワルサーをとり出した。

「撃ち殺そう」

「ブワナ、射撃うまいか」と、酋長が訊ねた。

「自信はぜんぜんない」

「ではやめる。狙いはずれる。弾頭部に命中する。もとも子もない」

「くそ。ハミガキ野郎《しりめ》め」

私たちの心配を尻目に、ライオンは悠々と弾頭部であぐらをかき、大あくびをした。

「もう駄目だ」世界の終りだ――私は眼を閉じた。なぜだか知らないが、瞼《まぶた》の裏に生まれたての赤んぼうの顔が浮かんだ。

「ライオンあそこで寝てしまう。われわれ、部落帰れない」酋長がさすがにげっそりした様子でそういった。

私はやけくそになり、ライオンに怒鳴った。「ライオンさん。クラブの会費が未納ですよ」

ライオンはいやな顔をしてゆっくりと立ちあがり、もと来た方へ戻っていった。

なぜ、赤ん坊の顔なんか思い出したんだろう——ふたたびミサイル行列の最後尾を歩きながら、私はそう思った。あの赤ん坊の顔は、日本にいた頃、私が本社の女子社員に産ませた赤ん坊の顔だった。私は産むな産むなといったのだが、彼女はどうしても産むといって産んでしまったのだ。赤ん坊は生まれて二時間後に死んだ。その事件がもとで、私はアフリカにとばされてしまったのである。

行列はジャングルの中に入った。このジャングルは年間の降雨量が一〇〇〇ミリを越える熱帯雨林である。樹の種類は非常に多くて、いちばん多いマメ科に属するものだけでも三百種類以上ある。下生えが多い上に、フジなどのつる植物が樹幹にからみつき、歩行ははなはだ困難だ。

「近道をしようとしてサバンナ地帯から道のないところへ入ってきたのがいけなかったな」と、私はいった。

酋長は第四夫人の息子に命じて彼を先頭に立たせ、ムンドゥという鎌のような刀でつる草を切り開かせた。

タンタンタン、タタンタン。

タンタンタン、タタンタン。

「とまれ」やっと小道へ出た時、酋長がいった。「たしかこの辺に、公衆電話のボックスがあった筈《はず》だ」彼はあたりをきょろきょろ見まわしていった。「そうだ。そのでかい木のうしろだ」彼は第四夫人の息子にいった。「おいお前。このままでは途中で日が暮れる。お前部落へ電話する、誰か四、五人に松明《たいまつ》持って迎えに来るように電話する」

第四夫人の息子はンディョといってうなずき、小道の左側の茂みの中へ入っていった。

密林の中の公衆電話ボックスは、観光客に見つからないよう、わざと道から少しはずれたところに作ってあるのだ。

第四夫人の息子はすぐに駆け戻ってきた。顔色が変っている。

「電話ボックスの中にゴリラがいます」と、彼は報告した。

「ゴリラが公衆電話をかける筈はない」私はびっくりした。「そいつはきっと、観光客を驚かせるためにゴリラの毛皮を着た部落の奴じゃないか」

だが第四夫人の息子ははげしくかぶりを振り、たしかにゴリラだと言い張った。

「ブワナ拳銃持っている」酋長が私にいった。「ゴリラ、電話ボックスから追い出す」

「しかたがないな。やってみよう」

私はワルサーを構え、茂みの中をおそるおそる巨木の裏側へまわった。白いペンキで塗った電話ボックスがあった。そっとドアに近づいて行くと、だしぬけにドアが開いて、非常に悲しそうな顔をした黒い雌のゴリラがぬっとあらわれた。

「わっ」

あわてて逃げようとしたはずみに下生えに足をとられ、私は転倒した。指に力が入り、ワルサーの銃口が轟音とともにはねあがった。

「ごごごご」

銃弾に胸板を射《う》ち抜かれたゴリラは仰向《あおむ》けにひっくり返り、あられもない恰好でしばらく足をばたばたさせてから、ふたたびゆっくりと立ちあがった。

「逃げろ。追ってくるぞ」抜けそうになる腰を立て直したてなおし道へ駆け戻りながら、私は悲鳴まじりにそう叫んだ。

手負いのゴリラほど恐ろしいものはないので、土人たちはあわてふためき、ミサイルを道のまん中に抛《ほう》り出して茂みの中へ駆けこんでいった。私は酋長といっしょに手近の木によじ登った。

致命傷を負った雌ゴリラは、見るも苦しそうに顔を歪《ゆが》め身もだえながらよたよたと小道に出てきて、ミサイルのすぐ傍にばったり倒れた。それから二、三度腕立て伏せのような動作を試み、力尽きてまた大地に俯伏《うつぶ》せ、今度は苦しまぎれに横のミサイルに抱きついた。

「苦しまぎれに、おれたちを冥土《めいど》の道連れにする気なんだ」私は樹上で酋長の巨大な尻に抱きつき、顫えながらそういった。「きっとそうなんだ」

酋長も顫えていた。彼の尻はワセリンの匂いがした。

雌ゴリラは弾頭部を上にしてミサイルを抱きあげ、尾部を大地にどんと据えた。それから力をふるい起し、ミサイルにすがってよろよろと立ちあがり、やっと立ちあがってからミサイルに抱きついたまま肩で息をしてぜいぜいあえいだ。

「ゴリラとはいえ、さすがに雌は雌だ。あの様子には色気があるな」恐怖をまぎらせようとして、酋長がそんな冗談をいった。

私も発狂を防ぐために調子をあわせた。「あのミサイルはペニスに似ている。きっと旦那のことを思い出しているんだろう」

彼女はミサイルを杖にして、よたよたと歩きはじめた。

「あっ。起爆針が樹の枝にひっかかる」私は悲鳴をあげた。

「あの樹には私の息子、登っている」と、酋長がいった。「ひっかかる前に、ムンドゥで枝を切り落とすだろう」

そして酋長の息子は、その通りにした。

「だけど、どうするんだ」私は酋長に訊ねた。「彼女の行く先ざきの樹へ登って、枝を切り落してやらなきゃならないのか」

「そんなことをしている暇はない」酋長は困った表情でいった。

「じゃあ、撃ち殺すかね」

「ゴリラ倒れる。ミサイルもいっしょに倒れる。爆発する」

「もういやだ」知らぬ間に、私はズボンの中へ小便をしていた。「もうこんなことはいやだ。やめなければならない。もうこんなことはやめなければならない。いやだ」私は泣きわめいた。

だが、いくら原水爆反対を叫んだところで、私の力ではどうにもならなかった。ミサイルを持っているのは、傷を負ったゴリラなのである。

また、瞼の裏に赤ん坊の顔が浮かんだ。

「見る。見る。雄のゴリラ出てきた」酋長が指さしていった。

亭主らしい雄のゴリラが出てきて、手負いの雌ゴリラに近づき、気づかわしげな表情で彼女の手を肩にまわし、抱きかかえて密林の奥に消えていった。ミサイルは樹の幹に立てかけられている。

「偉大なる夫婦愛だ」私は樹をおりながら酋長にうなずきかけた。「夫婦愛が世界を破滅から救った」

「人間夫婦、ゴリラ見ならうべきだ」ふたたびミサイル部隊に出発の号令をかけてから、酋長がそういった。

タンタンタン、タタンタン。

タンタンタン、タタンタン。

雌ゴリラが電話機を滅茶苦茶に壊していったので、私たちは急がなければならなかった。

ほどなく、私たちは谷川の急流を二十メートルばかり下に見おろす崖《がけ》の上にさしかかった。この谷川はカサイ川の上流である。カサイ川はキンシャシャの北でコンゴ川に流れこみ、コンゴ川はバナナで大西洋に流れこんでいる。

対岸の崖までは約一五メートルの長さの、幅のせまい釣橋がかかっていた。

私はつる植物を編んで作られた手摺《てすり》ロープを握って一、二度ゆすってみてから、酋長をふり返って訊ねた。「この釣橋は大丈夫だろうね」

「大丈夫だ」酋長はうなずいた。「私、殺したサイを土人に運ばせて、この橋渡った」

「じゃあ、大丈夫だな」

今度は私が先頭を行くことにした。橋が揺れないよう、そろりそろりと橋のまん中あたりまで来た時、目の前の手摺ロープがぶつぶつといって千切れかけているのが眼に入った。

「あぶない。ロープが切れる」私は悲鳴をあげ、反対側の手摺ロープにしがみつきながら、最後尾の酋長に大声で呼びかけた。「その、サイをかついで渡ったというのは、いったいいつの話だ」

「わたしが十四の時だ」

「じゃあ、三十年も昔の話か」私は絶叫した。

「正確には、三十四年昔だ」

その時、ロープが千切れた。

橋がぐらりと傾いた。土人たちが悲鳴をあげ、いっせいに、まだ千切れていない右側のロープにそれぞれ片手でしがみついた。

「ミサイルをはなしちゃいかん」と、私は叫んだ。「落としたら、下は岩だらけだ。完《かん》璧《ぺき》に爆発する」

全重量がかかったため、こんどは右側の手摺ロープがあやしくなってきた。

「みんな、しゃがめ。背を低くしろ」私はわめきちらした。「手摺ロープから手をはなすんだ。橋板にしがみつけ。腹の下へミサイルを押えこむんだ。ロープが両側とも切れたら、橋までちょん切れてしまう」咽喉《のど》がからからになって、私の声は完全にしゃがれてしまっていた。

土人たちは、片腕に担いだミサイルをそろそろと橋板の上におろし、ロープから手をはなそうとした。

だが、すでに遅かった。

右側のロープがどこかで切れたらしく、橋全体が張りと支えを失って約二、三メートル下へがくんと身を沈めるように降下した。

「わっ」

私は橋上に腹這《はらば》いになり、横一列に並べられた半割り丸太の橋板に抱きついた。はるか眼下では急流が岩をかみ、サイダーのように白く泡立っている。

降下した時の反動で、橋全体が大きく左右に揺れはじめた。

「動くな」私はまた叫んだ。「顫えちゃいかん。そのまま揺れが止るまでじっとしていろ。呼吸をとめろ」

「ハタリ」ミサイルのまん中あたりを担いでいた土人が叫んだ。「バヤ。大変だよたいへんだ。ブワナ・ヤス。わたしの腹の下で、橋がちぎれかけているよ」

「ブワナ」私のすぐうしろにいる第二夫人の息子が低い声でそっといった。「ブワナの背中を毒グモが首筋の方へ向かって散歩しているよ」

「アーあアあアーあ、あアあア」ターザンが出てきた。

彼は前方の崖の上に気取って立ち、小手をかざして私たちの方を眺めながら訊ねた。

「そこで何をしている」

「落ちかけている」と、第二夫人の息子がいった。「助けてくれ」

「ターザン、お前たち助ける」彼はまかせておけというように握りこぶしで白い胸をどんと叩き、しばらく崖の上をうろうろしてから、また訊ねた。「ターザン、どうすればよいか」

「この橋の上へ横索を張ってくれ」私はたまりかねてそう叫んだ。もう、毒グモの心配などしていられない。「その横索のところどころから、縦索を垂らしてくれ。その先を橋板に結えるから」

「よし。わかった」

ターザンは早速行動に移った。樹に登り、自分が空中飛行をするのに使ったつるを切って、先端に錘石《おもりいし》をくくりつけ、対岸の崖の上に生えている樹の枝めがけて抛り投げた。

つるの先は、うまく枝にからみついた。ターザンはつるの片方を、自分の立っている枝に結びつけて、さらに、対岸の樹の枝にからみついたロープの端をしっかり結わえつけるために、目の前に垂れ下っている別のつるにすがって、私たちの後方の崖に飛び移ろうとした。

「アーあアあアーあ、あ」

ターザンの握っていたつるが切れ、彼は私たちの上へまっさかさまに落ちてきた。

「ハタリ」

ターザンがミサイルの中央部にいる土人の頭上へ落下したため、橋板を支えていたロープの最後の一本が切れ、釣橋はちぎれた。私たちは橋板にしがみつき、ターザンはミサイルにぶらさがった。今や東側と西側の両方の崖から垂れさがった釣橋の底辺は、一本の五ギガトン・ミサイルによって連結されていた。釣橋は、ミサイルを踏板にした上拡がりの巨大なブランコと化して、ふたたび大きく左右に揺れはじめた。

「しっかり引っ張れ。はなすんじゃないぞ」釣橋のちぎれた部分の先端にぶらさがり、それぞれ両側からミサイルの弾頭部と尾部を引っぱりあっている土人たちに、私は上から声をかけてはげました。

ターザンは宙ぶらりんのミサイルの胴体によじのぼり、私に叫んだ。「ヘイ。今ターザン抱きついているこの長いもの、もしかしたら爆弾ではないか」

「五ギガトンのミサイルだ」

ターザンは手をすべらせて谷底へ落ちそうになり、また、危く下からミサイルにかじりついた。その重みで、東と西の土人たちの手から、ミサイルがずるずると抜けそうになった。

「ターザン動くな」と、私は叫んだ。「その、肩からぶらさげているものは何だ」

「観光客に貰った携帯ラジオだ」

「それを捨てろ。少しでも軽くなる」

ターザンは携帯ラジオを谷底に落とした。私の足もとで橋板にしがみついていた第二夫人の息子も、トム・トムを谷へ投げ捨てた。

「お前来た余計悪い」向かい側の釣橋の中ほどにぶらさがっている酋長が、怒ってターザンにいった。「お前似而非《えせ》ターザン」

「わたし、本もののターザン」と、ターザンはいった。「ちゃんと、観光地営業の業者登録している」

「わたし四年前ケニヤ行った。そこでターザンに会った。お前と違った」と、酋長はいい返した。

「それ、ケニヤのターザン」ターザンはいった。「わたし、コンゴのターザン」

「この間、隣の部落との境の密林で、わたしターザン見た」今度は第四夫人の息子がいった。「お前と違った」

「それ、本家ターザン」ターザンがいった。「わたし、元祖ターザン」

そんなに何人もターザンがいてたまるものか。

「おうい。しっかりつかまっていろよ。助けてやるぞ」私たちのやってきた側の崖の上へ、マウ・マウ団の扮装をした三人の男があらわれて私たちを見おろし、そう叫んだ。

「早くしてくれ」

「手が抜けそうだ」

土人たちが悲鳴まじりに叫び返した。

マウ・マウ団の三人は、ターザンの張った横索を利用して、そのまん中あたりから縦索をおろそうと考えたらしい。つるのロープを肩にかつぎ、横索づたいに私たちの頭上へやってきた。ひとりだけくればいいのに三人ともやってきた。私があぶないなと思った時はもう遅く、横索は三人の重量に耐え兼ねてまん中からぷっつり切れた。マウ・マウ団がばらばらと降ってきた。ひとりは酋長の上に落ち、ひとりは私の上に落ち、最後のひとりはターザンの足にかじりついた。ターザンはびっくりして、けんめいにミサイルに抱きついた。

「手がかりが何もない」彼は泣き声を出してわめいた。「このままではターザン落ちる。助けてくれ」

私はマウ・マウ団のひとりにしがみつかれてずるずると下へすべり落ち、第二夫人の息子を巻き添えにしてミサイルの弾頭部を引っ張り続けている土人たちの頭上へなだれこんだ。マウ・マウ団が押しくら饅頭《まんじゅう》からはみ出して落ちそうになり、あわてて起爆針を握ろうとした。

「こら」と私は叫んだ。「それを持つな」

第二夫人の息子が、マウ・マウ団の手をはらいのけた。

「何をする。お前はキクユ族か。ひとを殺す気か」マウ・マウ団は悲鳴をあげた。「何か握らせてくれ」

十四人が悲鳴をあげ続けていると、すでに薄闇に包まれていた崖の上が明るくなり、人声がしはじめた。

「あそこにいるぞ」

「助けてやれ」

部落の連中が松明を持って迎えにきてくれたらしい。やれうれしあなうれし、私たちはここを先途と声はりあげて助けてくれ助けてくれ、もう落ちる今落ちると絶叫し続けた。

数十本のロープが崖から投げおろされ、ミサイルと、私たちのひとりひとりは、順に崖の上へ引きあげられた。

私たちを出迎えに来てくれたのは、部落の若者二十人ばかりだった。

その中から和服姿の老婆がひとり、私の方へ進み出た。

「康雄」

私は彼女を見て、あっと驚いた。母ではないか。私が日本へ、たったひとり置き去りにしてきた母ではないか。

「お母さん。お、お母さん」私は彼女の前にひざまずき、その胸に顔を押しあててわあわあ泣いた。「会いたかったんだ」

「たった今、部落へ着いたばかりなんだよ。わたしもお前に、どうしても会いたくてねえ」母はやさしく私を抱きよせ、おや何かついているよといいながら私の背中の毒グモをつまみあげ、草履で踏み潰《つぶ》してくれた。

「お母さん。お母さん」土人たちがあきれて見ているのもかまわず私は泣き叫び、涙とよだれを母の帯にこすりつけた。懐しい腋臭《わきが》に胸がいっぱいだ。「ぼくはこわかったんだ。ほんとにもう、ぼくはこわかったんだ」

「よっぽど苦労したんだろうねえ、可哀そうに。まあまあ、ちょっと見ない間に、髪の毛が全部まっ白になって」

「なんだって」私はびっくりした。「ぜんぶ白髪だって」

たった数分で総白髪になってしまったらしい。おどろきはしたものの、ここ数時間の出来ごとを思い返せばむしろ当然のことだと、しばらくしてから私は自分にそう納得させた。もっとも、どうやら私がいちばん細い神経の持ち主だったらしく、白髪の出た者は他にはいないようだった。

私たちがミサイルを持って部落へ戻ってくると、土人たちがわっと駆け寄ってきた。あのアメリカからやってきた観光団の連中も土人たちに混っていた。裸になり、腰蓑《こしみの》をつけている。

「観光団がまだいるのか」と、私は長老のひとりに訊ねた。

「彼ら、この部落気にいった。予定変えて、今夜ここに泊ると言ってる」

私が宿泊の設備はあるのかといって酋長に訊ねると、彼は何とかしようといってうなずいた。

「これは何だね」観光客たちがミサイルを見て、口ぐちに私に訊ねた。よほどの田舎者揃いらしく、ミサイルを見るのは初めてらしい。だが、まさか核弾頭ミサイルだともいえないので、私は彼らにこれはご神体だと説明した。

「この部落の宗教は、男性性器崇拝なのです」

「おや、まあ。立派なものだねえ」

母がありがたそうに弾頭部を撫でまわしはじめたので、私はあわててうしろから彼女の肩をつかみ、抱き寄せた。「お賓頭盧《びんずる》様じゃありません。そこはご神体のいちばん大切な部分です。触れると手が腐ります」

とりあえず母を案内して自分の小屋へ戻ってくると、例の嫉妬深い女敵討ちの土人が中にいた。彼は広場を横断して私の小屋に入り、さらに部屋を横断して奥の壁につきあたってしまったらしく、まだ壁に向かって槍を突き出し、フヨとかチャウとか叫んでいた。

「この人は誰だい」と、母が訊ねた。

「祈禱師《きとう》です」と、私は答えた。「私のために、部屋の中を清めてくれています」

私が母といっしょにベッドへ腰をおろし、さて何から話していいやらといいながら久しぶりの日本語でいろんなことを話し出そうとした時、広場がにわかに騒がしくなった。

「どうしたのだ」私は母といっしょに広場に出て、第二夫人の息子にそう訊ねた。

「観光客がわれわれに、ご神体のお祭りをしろといって騒いでいるのです」

広場の中央には、いかつい弾頭部を夜空に向けてご神体のミサイルが安置されていた。

「では結婚の踊りでもやってごまかしたらどうだ」

「結婚の踊りは昼間もうやって見せたそうです」

「じゃあ戦争の踊りだ」

「それもやったそうです」

「では、葬式の踊りは」

「それはやっていないでしょう」

早速、葬式の準備がすすめられた。広場の四隅では火が焚《た》かれ、やがて太鼓が打ち鳴らされ、ミサイルの周囲をとりかこんだ土人たちが葬《とむら》いの踊りを踊りはじめた。浮かれ出した観光客がその踊りに加わり、でたらめに手足を振りはじめた。熱っぽい小太鼓の連打に、ターザンやマウ・マウ団や、最後には母までが調子にのって、円陣の中へ踊りながら割り込んでいった。

赤あかと燃える焚火《たきび》に照り映えたミサイルは、さながら勃起《ぼっき》して今まさに夜空の星ぼしへ向け射精せんとする巨人の陰茎の如く、その亀頭を赤黒くてらてらと光らせ、葬式の踊りに狂う人間どもを足もとに見くだして傲然《ごうぜん》と聳《そび》え立っていた。私の瞼の裏に、また赤ん坊の顔が浮かんだ。なぜだか知らないがその赤ん坊は、かんかんになって怒っていた。

解説

平岡正明

筒井康隆《つついやすたか》ほど全体像のわからない作家はいない。私の友人のほとんどが筒井康隆ファンで——筒井ファンだということは熱狂的なファンということであって、しみじみと、ないしはほのぼのと筒井ファンだという読者がいたらなのりでてほしい——、この作家については年中議論している。しかし核心がつけたためしがない。

ある夜、「東京25時」誌編集長・奥成達《おくなりたつ》が、一つ、仮説をうちだした。筒井康隆はペテン師じゃないのか、と。そこでペテン師の条件をいくつかあげてみたのである。

第一に「私」「おれ」「余」「ぼく」などの自称を使いわけて、気分を変え、文体をかえてさまざまのジャンルに手が出せること。このようにして一人称小説、二人称小説、三人称小説がいずれも苦もなく書けること。

第二に複数のペンネームを使いわけて、自己分裂をたくみに利用し、自分で自分に論争をふっかけたりするが、それがただのめくらましだけではなく、もう一人の自分にやりこめられて半分ほど本気で腹を立てられる能力を有すること。

第三に、博覧強記で自由自在に他人の文章を引用し、引用文のかげにまわりこむことができるが、その引用能力はめったやたらであって、自分がそれを肯定的に引用しているのか否定的に引用しているのか、半分ほどわからなくなる能力を有すること。

第四に、一皮剝《む》けばエネルギー崇拝者であって――ペテン師の特性の一つは意外にもテクニック崇拝者ではないということである――、数多く弾丸を撃てばかならず一発はあたることを信じており、弾丸をうちつづけているあいだはこぼれんばかりの愛嬌《あいきょう》をたやさないでいられること。

そのような「ペテン師的属性」の多くが筒井康隆にあてはまるが、さて、まるで何人もの筒井康隆がいるように見える彼の諸作品の諸傾向は、はたして戦術的意図でそうなったのか、あるいはある程度生まれつきなのかがだれにもわからない。

たとえばライフワークとしてとりくんだ『霊長類 南へ』のあとがきで書いている。

「以前から、最終戦争ものをライフワークにするなどと口走っていたのだが、こんなに早くライフワークをやってしまったのでは、いくら何でもはずかしい。だから前言は取り消す」

こういうことを言われてはとてもタマラナイ。

ふつう、ライフワークとは、それを書きあげるにいたる経過をこちらが追うことによって、作家の全体像をつかむことができる焦点のようなものだ。ところがわが筒井康隆にかぎっては、一作品が完成し、一冊が上梓《じょうし》されるたびに、ああ、またライフワークをやっちゃった、といったつぶやきがききとれるようなのだ。筒井康隆の全体像とはなにか。それはないのだ。

私はつい最近、正確に言えば一九七一年十月八日の午後六時半ころ、彼の示唆的な発言を聞くことができた。「怪物が成長する」という即興的ショーの講師として発言した時のことであって、本書『アフリカの爆弾』を解く上で一つのヒントを提出していると思う。

彼は「葦原将軍」について述べた。明治・大正・昭和の三代を笑わせた狂人で、この人物、死ぬ直前に正気にもどったらしい。いま考えると、この人物は躁鬱病《そううつ》だったそうで、発狂した二十五歳から死ぬ直前の八十八歳まで、おそろしくながい、ほぼ六十年周期の躁状態にあった。一方、四時間周期の高速度の躁鬱病が筒井康隆自身である、と。ほんとうかどうかは知らないが、その旨の発言があって、「したがって」と続ける論理に私は鍵《かぎ》をみた。六十年周期があって、四時間周期があるならば、百年周期の躁状態、鬱状態がありうる。たしかにありうる。しかし、これは奇妙ではないか。人間の寿命以上の躁状態ないしは鬱状態の持続がはたして躁鬱病という概念におさまるのだろうか。むろんこの講演で筒井康隆は、エンターテインメントとしての戦術的な計算の上に百年周期説といったものを提出しているのだが、がぜん、このことから筒井康隆の世界がひらかれることは見てとれよう。生まれる前は鬱病であったとか、百年の鬱状態のつとめをはたした遺伝因子が、とつぜん孫の代で躁状態にきりかわるとか、いくつかのイメージの可能性をわれわれはうけとることができる。それを要約すれば、科学から空想への思想の発展ということになるだろう。

「アフリカの爆弾」がまたそうである。大国の核占有の均衡が破れる。これはまさにありそうな状態だ。各国は競って核装備に狂奔する。これもありそうなことである。したがって、アフリカの五百戸ぐらいの部族国家がミサイルを買いこむこともありうる。このミサイルをめぐって、雌ゴリラが抱きついたり、元祖ターザンと本家ターザンがひっぱりあいをしたり、といったはらはらする場面が展開するのだ。そしてこれはありそうもないことなのである。

しかし、一つ補足しよう。「アフリカの爆弾」が刊行されてから一年、たまたまアフリカのどこかの国の武装状態を報道した写真に、はだしの兵隊たちが、ミサイル様の兵器を肩にかついで移動している光景を見た。そのときわれわれは「アフリカの爆弾」の実現を目のあたりにして、筒井康隆のイメージの先行におどろいたことがある。

この作品には筒井康隆固有の発想が二つ、典型的にしめされていると思うのだ。その一つは、論理の、ひたすらの、しゃにむにの、遠慮会釈のないごり押しである。この能力によって筒井康隆は『馬の首風雲録』のような長編を完成させることができるのだろう。馬頭型暗黒星雲の国トンビナイの住人は、犬系の人類である。犬だときめたらとことん犬だ。その星の住人たちは、すべて人間的な生活をし、人間的な感情をもっているのだが、びっくりするとキャンと鳴いて尾を巻くというぐあいに、動作だけは犬なのだ。

補足までにいえば、筒井康隆の汎神論《はんしんろん》的な精神はいかなる肉体にも寄生するのであって、『馬の首風雲録』では犬のなかに精神があり、「馬は土曜に蒼《あお》ざめる」では人間の脳髄がサラブレッド四歳馬に移殖され、この世のものとは思えない傑作「トラブル」では〝ヴィン〟がサラリーマンに寄生し、〝ヴィン〟がタレントに寄生する。これらはいずれも傑作であるが、それだけではないのだ。

馬頭型暗黒星雲の星トンビナイの住人は犬であるが、この星への侵入者、植民者がヒトである。つまり地球人なのだ。長編全体を通じて「犬猿の仲」というモティーフがつらぬかれているのだが、犬に寄生した筒井康隆の精神が描きだすヒトは、どうみてもサルの動作をしているのである。いかに筒井康隆が天才であろうとも、生物学的にはヒトにはちがいないのに、かくまでにヒトがサルに見えてくるというのはふつうではない。彼は自分を犬の立場に置くと前提したら、とことんまで犬でおすことができる。

「アフリカの爆弾」にあらわれた第二の筒井康隆的な特長は、はらはらするということである。筒井康隆の世界に、危険きわまりないもの、あまり言ってはならないもの、はらはらするもの一つが投げこまれた時には、その爆発力とイメージの運動量は比類がない。この方向で躁病的に成立した傑作がいくらでもある。すなわち破滅的パロディの系譜だ。

本書では「メンズ・マガジン一九七七」がそうである。ピンナップ・モデルが撮影中、ライトであたためられてサナダムシを出してしまったらどうか、と考えついたとたん作家はもうとまらなくなるのだ。

すべて一流の思想家、作家が具有しなければならない共通項は女性嫌悪であるが、美女と野獣ならぬ美女とサナダムシ、このえもいえぬ対比の妙が、ポッリと一滴、作家の脳髄に落ちてきたとたん、女性嫌悪だけではただひとかどの人物であるというだけだが、女性嫌悪がとまらなくなるというかたちで筒井康隆は独走を開始する。とまらなくなるということが筒井康隆の特徴なのだ。あとは一途キチガイの快走である。

狂気ということがたいしたものであるといわれるようになってからすでに数年が経った。狂気を崇高なものとして狂気にあこがれる陣営からロクなキチガイの一人もでなかった理由は、疾駆する狂気の速度をかれらが考えなかったからだ。狂気とは《速度の正気》である。わが筒井康隆こそが、全作品をもってそれを証明している。

こころみに、彼の作品のデテールを詳細に分析してみよ。いかにもきちがいじみたデテールが山積みされているわけではない。きちがいじみた状況設定は、発想の地点で、論理のピッチを一つ狂わせてポンと一つ置かれているだけのケースが多い。

台所にいる女房がスパイだったらどうかとか（「台所にいたスパイ」）、テレビと現実がごちゃまぜになったらどうかとか（「脱出」）、顔のうつる電話機のある生活はどんなものかとか（「露出症文明」）、美女のシリからサナダムシが出てきちゃったらどうかとか（「メンズ・マガジン一九七七」）といったような、仮説のたてかたがSF的にクレイジーなのであって、他のデテールはきわめて日常的で具体的である。メカニズムの枠をこらしたようなカラクリは筒井康隆の小説には登場しない。しかし、ひとたび動きだした小説の世界の、その速度が異常であり、ＳＦ的デテールが異様なのでなく、作家の思想が異様なのだ。天才といわざるをえない。

筒井康隆の全体像が、まだ私にはとらえられないために、本書『アフリカの爆弾』を位置づけることができないが、筒井康隆とは、イメージそのものが服を着て街をあるいている《状態それ自体》なのではないかと思う。

本書は、一九七一年十二月に刊行された角川文庫を底本としています。
本書中には、気ちがい、精神異常者、かたわ、白痴、めくら滅法、ニグロ、色盲、気が違う、北鮮、黒んぼ、土人、酋長といった、現代では使うべきではない差別語、並びに今日の医療知識や人権擁護の見地に照らして不適切と思われる身体的、精神的障害に対する語句や表現がありますが、作品発表当時の人権意識、文学性などを考え合わせ、底本のままといたしました。

（編集部）

アフリカの爆弾《ばくだん》

筒井康隆《つついやすたか》

昭和46年 12月30日　初版発行
平成30年 9月25日　改版初版発行
令和6年 12月30日　改版4版発行

発行者●山下直久

発行●株式会社KADOKAWA
〒102-8177　東京都千代田区富士見2-13-3
電話　0570-002-301（ナビダイヤル）

角川文庫 21166

印刷所●株式会社KADOKAWA
製本所●株式会社KADOKAWA

表紙画●和田三造

ISBN 978-4-04-107395-7　C0193

JASRAC 出 1808794-404　◆◇◇

角川文庫発刊に際して

角　川　源　義

第二次世界大戦の敗北は、軍事力の敗北であった以上に、私たちの若い文化力の敗退であった。私たちの文化が戦争に対して如何に無力であり、単なるあだ花に過ぎなかったかを、私たちは身を以て体験し痛感した。西洋近代文化の摂取にとって、明治以後八十年の歳月は決して短かすぎたとは言えない。にもかかわらず、近代文化の伝統を確立し、自由な批判と柔軟な良識に富む文化層として自らを形成することに私たちは失敗して来た。そしてこれは、各層への文化の普及滲透を任務とする出版人の責任でもあった。

一九四五年以来、私たちは再び振出しに戻り、第一歩から踏み出すことを余儀なくされた。これは大きな不幸ではあるが、反面、これまでの混沌・未熟・歪曲の中にあった我が国の文化に秩序と確たる基礎を齎らすためには絶好の機会でもある。角川書店は、このような祖国の文化的危機にあたり、微力をも顧みず再建の礎石たるべき抱負と決意とをもって出発したが、ここに創立以来の念願を果すべく角川文庫を発刊する。これまで刊行されたあらゆる全集叢書文庫類の長所と短所とを検討し、古今東西の不朽の典籍を、良心的編集のもとに、廉価に、そして書架にふさわしい美本として、多くのひとびとに提供しようとする。しかし私たちは徒らに百科全書的な知識のジレッタントを作ることを目的とせず、あくまで祖国の文化に秩序と再建への道を示し、この文庫を角川書店の栄ある事業として、今後永久に継続発展せしめ、学芸と教養との殿堂として大成せんことを期したい。多くの読書子の愛情ある忠言と支持とによって、この希望と抱負とを完遂せしめられんことを願う。

一九四九年五月三日

角川文庫ベストセラー

出世の首　ヴァーチャル短篇集
筒井康隆

物語、フィクション、虚構……様々な名で、我々の文明に存在する「何か」。先史時代の洞窟から、王朝、戦国をへて現代のTVスタジオまで、時空を超えて現れるその「魔物」を希求し続ける作者の短篇。

ビアンカ・オーバースタディ
筒井康隆

ウニの生殖の研究をする超絶美少女・ビアンカ北町。彼女の放課後《オーバースタディ》は、ちょっと危険な生物学の実験研究にのめりこむ、生物研究部員。そんな彼女の前に突然、「未来人」が現れて――！

にぎやかな未来
筒井康隆

「超能力」「星は生きている」「最終兵器の漂流」「怪物たちの夜」「007入社す」「コドモのカミサマ」「無人警察」「にぎやかな未来」など、全41篇の名ショートショートを収録。

偽文士日碌
筒井康隆

後期高齢者にしてライトノベル執筆。芸人とのテレビ番組収録、ジャズライヴとSF読書、美食、文学賞選考の内幕、アキバでのサイン会。リアルなのにマジカル、何気ない一コマさえも超作家的な人気ブログ日記。

農協月へ行く
筒井康隆

ご一行様の旅行代金は一人頭六千万円、月を目指して宇宙船ではどんちゃん騒ぎ、着いた月では異星人とコンタクトしてしまい、国際問題に……!? シニカルな笑いが炸裂する標題作など短篇七篇を収録。